中世文学で読む鎌倉

中世文学で読む鎌倉◎もくじ

はじめに……7

鎌倉の黎明

平治物語　頼朝遠流の事付けたり守康夢合せの事（下巻）……10
源平闘諍録　頼朝、北条の嫡女に嫁する事（一之上）……15
藤九郎盛長夢物語（一之上）……17
平家物語　頼朝征夷将軍宣旨事（巻十五）……19
謡曲・盛久……23
幸若・浜出……25
御伽草子・唐糸さうし……28
義経記　静若宮八幡宮へ参詣の事（巻六）……31
曾我物語　祐経討ちし事（巻九）……34
古今著聞集　畠山重忠力士長居と合ひて其肩の骨を折る事（巻十・相撲強力第十五）……38
吾妻鏡　頼朝と西行の対面……41
西行物語　東国下向……43

鎌倉文芸の開花

金槐和歌集……46
吾妻鏡　鴨長明の頼朝法要……48
狂言・朝比奈……50
増鏡　実朝暗殺（第二・新島守）……53
六代勝事記　実朝薨去の和歌……55
信生法師日記　実朝の七回忌……57
承久記　政子、鎌倉武士たちを説得（上巻）……60
徒然草　相模守時頼の母は（百八十四段）……63
平宣時朝臣、老ののち（二百十五段）……65
謡曲・鉢木……66
東関紀行　鎌倉遊覧……70

鎌倉の記憶

宗尊親王と鎌倉歌壇……74
徒然草　鎌倉中書王にて（百七十七段）……78
春のみやまぢ　箱根での追憶……80
十六夜日記　都の人へ……82
　息子為相との音信……83
とはずがたり　鎌倉到着（巻四）……85
　将軍惟康親王廃任（巻四）……87
久明親王と鎌倉歌壇……89
狂言・鐘の音……92
太平記　稲村ガ崎干潟ト成ル事（巻十）……96
徒然草　鎌倉の海に鰹と云ふ魚は（百十九段）……99

源頼朝の流人時代・伊豆の豪族伊東氏と北条氏……14
和田・畠山・梶原……37
頼朝と京都歌壇……40
実朝と長明……49
宇都宮歌壇／宇都宮氏系図……59
鎌倉での古典享受……79
称名寺と為相……91
五山文学と鎌倉……98

清和源氏・坂東平氏・北条氏・将軍家系図……100
文学史年表……104

はじめに

鎌倉の地は、東・北・西の三方を山、南一方を海に囲まれた、自然の要害の地である。「鎌倉」という名の由来には、その地形が竈《かまど》のようであることから「かまどの谷《くら》」(『古事記』)、神武天皇の東征で屍《かばね》が山をなしたことから「屍蔵」(『新編相模国風土記稿』所引「古風土記」)、また、この地に「神の倉」があった等、諸説があるが、すでに「相模国封戸租交易帳」(正倉院文書・天平七年(七三五))に「鎌倉郡鎌倉郷参拾戸田壱佰参拾五町壱佰九歩」と見える。長元元~四年(一〇二八~三一)、相模守源頼信・頼義父子が房総諸国で起こった平忠常の反乱を鎮め、平貞盛の孫上野介平直方が、頼義の武芸を認めて娘と鎌倉の屋敷を譲って以来、鎌倉は源氏相伝の地となった(『詞林采葉抄』)。また、鶴岡八幡宮は、陸奥守となった頼義が康平六年(一〇六三)奥州平定の帰路、京都の石清水八幡宮の分霊を由比郷、現在の元八幡の地に勧請したことに始まる。永保元年(一〇八一)二月には、義家がこれを修繕したという(『吾妻鏡』治承四(一一八〇)・一〇・一二)。義家の跡を継いだ為義の子義朝は、鎌倉の館を譲られてそこに居住していたようである。義朝の館は、現扇ガ谷の寿福寺付近にあったらしい。治承四年八月、挙兵以来東国の支配を進めてきた頼朝は、同年十月七日、鎌倉の地に入った(『吾妻鏡』)。そして頼朝は、この源氏ゆかりの地、鎌倉を本拠地に定めたのである。

三方を山で囲まれた鎌倉の地は、その出入り口として、いわゆる「七口」と呼ばれる七つの交通路、朝比奈・極楽寺坂・大仏坂・化粧坂・亀ヶ谷・巨福呂坂・名越の各切り通しを備える。比較的柔らかい地質ということもあったが、限られた道によってのみ出入りを可能としたことが、都市鎌倉の安定を生み出したと言ってよい。中でも、朝比奈義秀の武勇にちなんで名づけられた朝比奈切り通しは、古道の姿を今に残している。

相模湾に面し、比較的温暖な地であった鎌倉は古代からの遺跡が見つかっているが、大きく発展したのが、幕府開設以降であることは言うまでもない。本書は、こうした鎌倉の発展及びその主要人物の著名な事跡を、文芸作品の中から選び、時間軸・人物別に収めたものである。挙げた作品の分野は中世文学の様々な分野に及ぶが、仏教史・美術史に関しては、是を割愛した。本書が中世における都市鎌倉の文化的発展と、それを題材とする諸作品への興味の一端となれば幸いである。

編著者

本書は、佐藤智広・小井土守敏編著『中世・鎌倉の文学』（翰林書房、二〇〇二）に、修訂を施して書名を改めたものです。旧書の編集にご尽力いただいた佐藤氏に、あらためて御礼申し上げます。

鎌倉の黎明

君、足柄の矢倉が嶽に居り御坐すと見えたるは、
日本国を領知し御坐すべき表示なり。

『源平闘諍録』より

平治物語

作者・成立未詳。三巻。鎌倉初期から中期にかけて成立したと推定される。平治の乱（一一五九）の顚末を記した軍記物語。保元の乱（一一五六）を描いた『保元物語』と様々な面で共通性がある。その構成面においても、上巻に内乱の原因から開戦まで、中巻に合戦の展開、下巻に事件の結末を語るという簡潔な三部構成であり、『保元物語』における英雄的武将源為朝に匹敵する人物として、悪源太義平を配し、また下巻に敗北者側の悲劇的運命を描くなど、二書の密接な関係が推測される。後代文学への影響は、謡曲『朝長』『悪源太』、幸若『鎌田』『常磐問答』、浄瑠璃『朝長』『源氏折烏帽子』、浮世草子『風流誂《やさ》平家』等大きく、特に義平・朝長・鎌田・常磐に題材を取るものが多く、悲劇的人物や勇壮な行動場面に関心が集まったことを物語っている。

引用部分は、伊豆配流が決まった頼朝が、関東へ赴く部分。『平治物語』の最終場面である。

頼朝遠流の事付けたり守康夢合せの事（下巻）

さるほどに兵衛佐頼朝[一]、伊豆国蛭[二]が小嶋へ流さるべしと定[三]めらる。池殿[四]、このよし聞き給ひ、宗清[五]がもとへ、「頼朝具して参れ」と宣ひければ、弥平兵衛宗清、兵衛佐殿を具し奉り参りたり。池殿、頼朝を近く呼び寄せて、姿をつく〴〵と見給ひて、「げに家盛[六]が姿に少しも違はず。あはれ、都の辺に置きて、家盛が形見に常に呼び寄せて見たくこそ候へ。はる〴〵と伊豆国まで下さむ事こそうたてけれ。わ殿をば家盛と思ひ、春秋の衣裳は

一　源頼朝。義朝三男。平治の乱後捕らわれ、伊豆配流に処される。治承四年（一一八〇）八月挙兵。弟範頼、義経を代官として平家を西海へ追いつめ、元暦二年（一一八五）壇ノ浦に滅ぼす。建久三年（一一九二）任征夷大将軍。鎌倉幕府を開設した。「兵衛」は

一年に二度下すべし。尼をば母と思ひ、空しくなりたらば後世をもとぶらふべし。伊豆国には鹿多き所にて、常に国人寄り合ひて狩なんどして、流され人の思ふさまに振る舞うとて、国人に訴へられ、二度憂き目見るべからず」と宣へば、兵衛佐殿、畏まつて、「いかでさやうの振る舞ひつかまつり候ふべき。髪をも切り、父[七]の後生をもとぶらはばやとこそ存じて候へ」と申されければ、「能く申すものかな」とて、池殿、涙を流し給ひ、「疾く〳〵」と宣へば、御所を出でられける。

同《おなじき》三月十五日に官人ども相具して都を出で給ひけるが、粟田口[八]に駒をとゞめて、都の名残を惜しまれけり。[九]越鳥南枝に巣をくひ、胡馬北風にいばへ、畜類猶故郷の名残を惜しむ。いかにいはんや人間においてをや。人は皆流さるゝをば嘆けども、兵衛佐殿は喜びなり。「頼朝流さるゝ。いざや見む」とて、山法師・寺法師、大津の浦に市をなしてぞ立ちたりける。頼朝を見て、「容威・事柄、人にはるかに超えたりけり。伊豆国に流し置かば、千里の野に虎の子を放つにこそあれ。怖ろし〳〵」とぞ申しける。弥平兵衛、名残を惜しみ奉りて、うち送り申すほどに、兵衛佐殿、瀬田[一〇]の橋を過ぎ給ふとて、「あれに見ゆる森はいかなる所ぞ」と宣へば、「建部[一一]の宮とて八幡[一二]を祝ひ参らせて候ふ」と申せば、「さらば今夜通夜して、いとま申して下らばや」と宣へば、宗清、申しけるは、「頼朝こそ流されけるが、宿には着かずして山林にとゞまりけるよと、平家に聞こし召されば、いかゞ候は

令制官司の一つで、宮中の巡検、行幸の際の守護を司る。「佐」はその次官。

二 現静岡県田方郡韮山町。

三 平治二年（一一六〇）。

四 平清盛の継母。家盛、頼盛の母。六波羅の池殿に住んだので、池殿、池の禅尼と称する。

五 頼盛家臣。二月九日に、近江国で頼朝を生け捕った。

六 平家盛。忠盛二男。池禅尼の子。久安五年（一一四九）没。

七 源義朝。平治元年（一一五九）の年末に没。

八 京都市東山区粟田口。東海道への出口。

九 「胡馬依㆓北風㆒、越鳥巣㆓南枝㆒」（『文選』二九）による表現。

一〇 滋賀県大津市瀬田。琵琶湖南端、瀬田川に架かる橋。

一一 瀬田川東岸の大津市神領にある近江国の一の宮。主神は日本武尊。

一二 八幡神。応神天皇を主神とし、源氏の氏神として信仰が篤い。

むずらむ」と申せども、「氏の神にいとま申さむは、いかゞくるしく候ふべき」と宣へば、建部の宮へ入れ奉るなり。「南無八幡大菩薩、今一度頼朝を都へ帰し入れさせ給へ」と祈り給ふぞ怖ろしき。

爰に上野の源五[一三]守康といふ者あり。義朝の郎等にてありしが、傍らに忍びて居て、常に兵衛佐殿のおはしける所へ参り、慰め奉りけるほどに、老母の尼公ありしが、病つきて限りになりしかども、佐殿流され給ひしかば、名残を惜しみ奉り、都にては粟田口までと思ひ、粟田口にてはせめて関山[一四]・大津までと思ひ、うち送り申しけるが、其夜は御供して建部に通夜したりけるが、夜半ばかりに夢想ありしかば、人静まりて後、頼朝の御そばへ守康参り、さゝやきごとをぞ申しける。「今度伊豆国におはしまし候ふとも、御出家ばし候ふな。不思議の夢想を蒙りて候ふ。八幡へ参詣して候へば、御殿の内より、『頼朝が弓矢はいづくにあるぞ』と御尋ね候ひつれば、『是に候ふ』と童子二人弓と矢を持ちて参りて候ひつるを『深く納め置く期があらむずるぞ。其時頼朝に賜《た》ぶべし』と仰せられ候ひつれば、御殿に深く納め置かれ候ひき。又其後、君、白き御直垂にて参らせ給ひ、庭上に畏まつて御渡り候ひつれば、白銀《しろかね》のうち敷にうちあはびを六七八本がほど置かせ給ひ、自ら御手にて、『すは頼朝、賜れ』とて、御簾の内より押し出だされ候ひつるを、君まいらせ給ひ、このあはびをふつ〳〵とまいりつるが、纔《わずか》に一本ばかり残させ給ひ、『すは守康、賜

一三　纐纈《はなぶさ》源五守康。源氏重代の郎等。

一四　逢坂の関のある山。

れ』とて、投げ出ださせ給ひ候ひつるを、守康賜り、食するとも覚えず、懐中するとも覚えずして夢覚め候ひぬ。一定君御代に出でさせ給ひ候ひぬと覚え候ふ。相構へて〳〵御出家など召され候ふな」とさゝやき申しける。佐殿、人や聞くらむと思し召されければ、返事をばし給はず。うちうなづき〳〵ぞし給ひける。夜も明けければ、大菩薩にいとま申して出で給ひけり。守康、申しけるは、「今日ばかり御供申すべく候へども、老母の候ふが、重病を受けて候ふ間、おぼつかなく候ふ」とていとま申し、それより都へ帰りけり。

弥平兵衛宗清は、篠原《一五》までうち送り奉り、来し方行く末の事どもよきやうに申し置き、それより都へ帰りければ、兵衛佐殿、なのめならず喜び給ひ、名残惜しげにぞ見えさせ給ひける。

さるほどに、伊豆国蛭が嶋に置き奉り、伊東《一六》・北条に守護し奉るべきよし申し置き、官人、都へ上りけり。

一五　現滋賀県野洲市大篠原。

一六　伊東祐親と北条時政。14頁参照。

▲源頼朝（源氏山公園）

○源頼朝の流人時代・伊豆の豪族伊東氏と北条氏

平治の乱の後、生け捕られた頼朝は、池の禅尼によって命を助けられ、伊豆国蛭が小嶋へ流罪となった。流人時代の頼朝については、『曾我物語』の真名本に、

伊豆国北条郡蛭小嶋に移され給ひしよりこのかた、都の別れのみ悲しくて、愛別離苦の歎きは日夜朝暮に晴れやりたる方ぞなかりける。赤日天に朗らかなれども、心の闇は我が身に在り。（巻二 原漢文）

などをはじめとして、その鬱屈した心情がよく描かれている。また、延慶本『平家物語』には、

池殿被仰旨アリシカバ、毎日法花経ヲ二部読奉テ、一部ヲバ池尼御前ノ御菩提ニ廻向シ奉リ、一部ヲバ父母ノ孝養ニ廻向スル外ハ、又二ツ営ム事ナシ。（第二末）

という頼朝のことばが見える。『吾妻鏡』でも、配所の生活は写経・読経の毎日であったとする。

世は平家全盛の時代である。流人頼朝を預かり、監視役となったのは、当時伊豆国の二大豪族、伊東氏と北条氏であった。先ず伊東氏に預けられた頼朝は、伊東祐親の娘のもとへ通うようになり、祐親娘との間に男子を儲ける。これを知った祐親は大いに怒り、その子を誘い出して殺害し、娘を離別させた上、さらに頼朝の暗殺を企てる。祐親の二男伊東九郎祐清は、父の奸計を頼朝に告げ、頼朝を蛭が小嶋から脱出させる。以後頼朝は北条氏を頼って流人生活を送るが、今度は北条時政の娘、政子と親密な関係となる。時政はそのことを知って驚き、伊豆国の目代として下っていた平兼隆に、政子を嫁がせる。政子は父の命に従い兼隆のもとへ嫁いでゆくが、その晩には兼隆の屋形から逃亡して伊豆山神社へ隠れ、頼朝との再会を果たす。その後時政は二人の仲を黙認し、頼朝の後見人としての地位を築いてゆく。頼朝挙兵の後、平家に従った伊東祐親は討たれ、北条氏は執権の臣となっていく。娘婿頼朝への対応が、伊豆国二大豪族の行く末の明暗を分けたのである。これら流人時代の頼朝をめぐる女性については、『源平闘諍録』（15頁）、真名本『曾我物語』に詳しい。

源平闘諍録

作者未詳。鎌倉末から南北朝初期の成立。源平の合戦を題材とする『平家物語』（次項）の、読み本系異本の一つに分類される。但し、他の『平家物語』諸本には見られない独自記事が目立ち、さらに欠巻もあり（一之上・一之下・五・八上・八下のみ伝存）、その全容は明らかでない。本書に見られる独自記事の多くは、坂東武士団の活躍の様子であり、東国の地名にも精確であることなどから、本書が、坂東で生成された作品であることは間違いない。原文は漢文表記であり、同じく東国で生まれたとされる真名本『曾我物語』と、用字等に類似する点が多い。

引用部分は、嘉応元年（一一六九）伊豆の配所にある頼朝が北条政子と結ばれる場面と、引き続き、安達盛長が見たという吉夢。

頼朝、北条の嫡女に嫁する事　（一之上）

同じき十一月下旬の比《ころ》、[一]右兵衛佐、[二]伊東の娘に猶懲りず、[三]北条の四郎の最愛の[四]嫡女に、秘かに通はれけり。此の世ならぬ契りにてありけり。故に懇ろに偕老を結びぬ。時政は、夢にも此の事を知らず。北条、大番を勤めて下りける程に、路《みち》より此の事を聞き、大きに驚きながら、平家の威を歎き恐れしが故に、同道して下向しける平家の侍、[五]伊豆の目代和泉の判官兼隆に約束せしむ。然る間、同じき十二月二日、娘を取り還《かへ》し、目代兼隆が許《もと》へ渡す。雖レ然《されども》、女房都《すべ》て靡かず。未だ亥の刻に成らざる以前に、秘かに彼の所を逃れ出で

一　源頼朝。
二　伊東祐親の娘。14頁参照。
三　北条時政。14頁参照。
四　北条政子。
五　平兼隆。伊豆国目代。山木の館に住し、山木判官と称した。頼朝の挙兵によって、最初に討たれた。

六　伊豆山神社。

て、速やかに伊豆[六]の御山の宿坊に至れり。使者を頼朝の許へ立てられければ、十日、右兵衛佐、鞭を上げて馳せ来たる。目代此を聞き及ぶと雖も、彼の山は大衆強《こわ》き所たる間、輒《たやす》くも取り難し。兼隆は力及ばず止みにけり。北条此を聞き、娘を勘当せしむ。

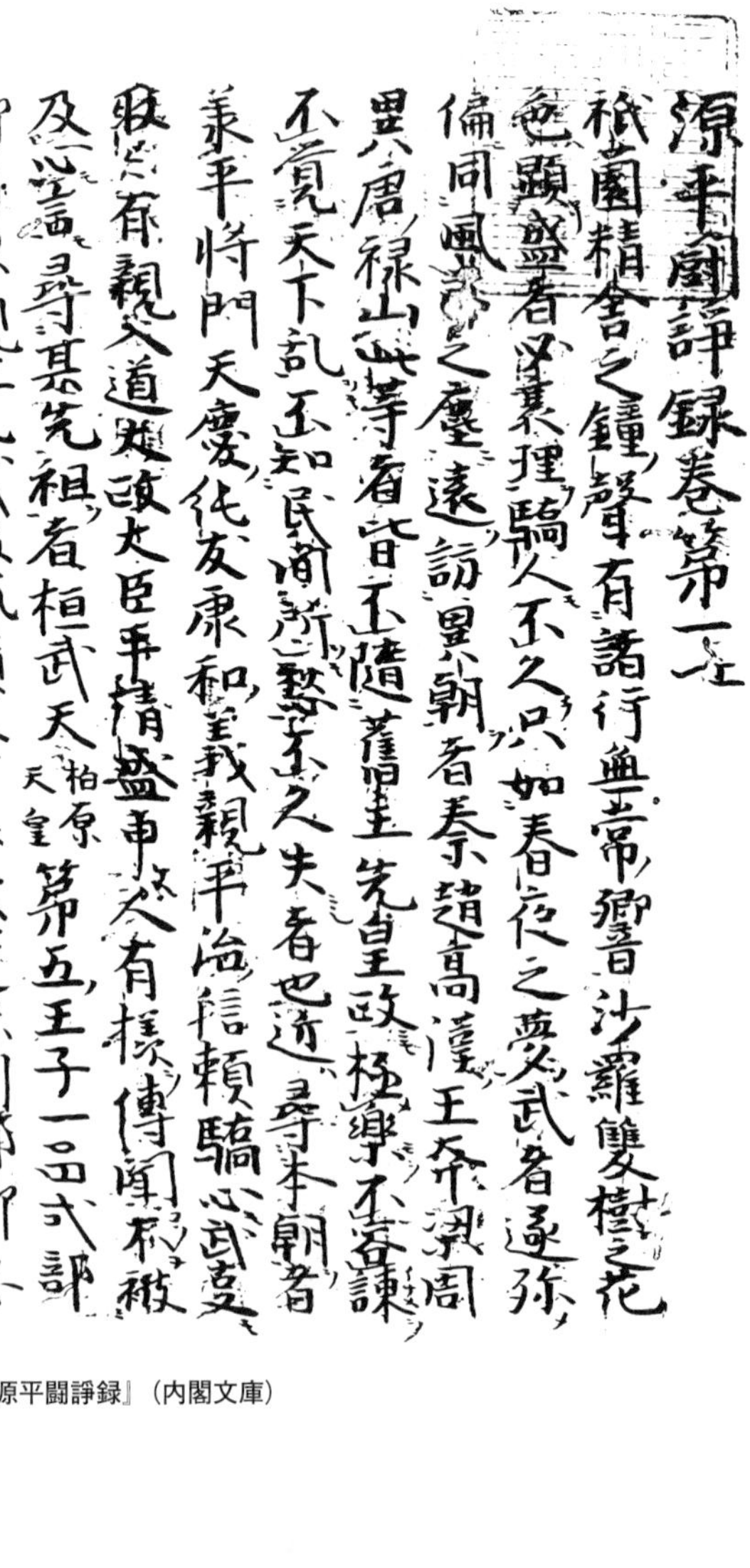
源平闘諍録巻第一之上
祇園精舎之鐘声、有諸行無常響、沙羅雙樹之花
色、顕盛者必衰理、驕人不久、只如春夜之夢、武者遂
偏同風前之塵、遠訪異朝者、秦趙高、漢王莽、梁周

▲『源平闘諍録』（内閣文庫）

藤九郎盛長夢物語　（一之上）

然る程に、相模の国の住人、懐島の平権守景能[一]（大庭権守景宗が男）、此の由を聞き、「右兵衛佐殿、伊豆の御山に忍びて御坐しける。神仏と善人とは宮仕へ申すに空しき事無し。景能参つて一夜なりとも御殿居《とのゐ》仕るべし」とて、伊豆の御山に馳せ上り、藤九郎盛長[二]と一所に御殿居仕る処に、其の暁、盛長、夢物語を申して云はく、「右兵衛佐殿、足柄[三]の矢倉が嶽に居て、南に向かひ、左の足にて東国を踏み、右の足にて西国を踏み、一品坊昌寛[四]（観音品計りを頼朝に教へし故、に、号して一品坊と云ふなり）瑠璃の瓶子を懐き、定綱[五]は金の盃を捧げ、盛長は銀の銚子を取り、佐殿に向かひ奉る。佐殿三献既に訖《をは》つて後、左右の袖を以て月日を懐き奉る。又子《ね》[六]の日の松を引き持ち、三本頭に挿し、君は南に向かひて歩ませ御坐す処に、白鳩二羽天より飛び来たつて、君の御髪に巣くひ、三子を生むと見えたり」と云々。

景能聞きも敢へず、「藤九郎が夢合はせ、景能仕るべく候ふ。君、足柄の矢倉が嶽に居り御坐すと見えたるは、日本国を領知し御坐すべき表示なり。又酒盛りと見えたるは、無明の酒なり。其の故は、此の日頃、君伊豆の国に流され、田舎の塵に交はり御坐し、万《よろづ》に付けて猥《みだり》がはし。是、酒に酔ひたる御心地なれば、疾く酔ふべく御坐す瑞相なり。左の足にて東国を踏み御坐すと見えたるは、東より奥州に至つて知ろしめす表相なり。右の足に

一　頼朝挙兵時よりの御家人。景義とも。
二　安達盛長。頼朝の側近。
三　箱根山地の最北にあたる足柄山。現神奈川県南足柄市矢倉沢の西。標高八七〇m。
四　頼朝挙兵当初から仕え、後に成勝寺執行、法橋。
五　佐々木定綱。
六　正月最初の子の日には、小松を引き、千代を祝う行事が行われた。

て西国を踏み御坐すと見えたるは、貴[七]賀嶋を領掌有るべしとの先表なり。左右の袖を以て月日を懐き御坐すと見えたるは、君、武士の大将軍として、征夷将軍の宣旨を蒙り御坐すべし。太上天皇の御護りと成り給ふ好相なり。子の日の松三本を引き持ち御坐すと見えたるは、君久しく日本国を治むべく御坐す瑞相なり。白鳩二羽飛び来たつて御髪の中に巣くひ、三子を生むと見えたるは、君に御子三人有るべき表示なり。南に向かひて歩み給ふと見えたるは、無明の酒醒めて、君、思ふ所無く振る舞ひ御坐すべき表相なり」と、景能、委細に合はせたり。右兵衛佐、此を聞いて言ひけるは、「頼朝、若し世に在らば、景能、盛長が夢と夢合はせの[八]纏頭《てんとう》には、国を以て宛て給ふべし」と、感歎身に余りて、喜悦し給ふこと限り無し。

七　「鬼界が嶋」の宛字。大隅諸島にある硫黄が嶋を指すか。古代の流刑場。

八　褒美、祝儀。

平家物語

作者・成立とも未詳。「平家語り」のような原平家物語を想定し、その物語の成長発展段階で各種の異本が成立したとするのが通説である。内容は、平家の興隆から滅亡に至るまでを記し、その間に木曾義仲、源義経、文覚等の興亡・活躍を描くとともに、祇王や小督など権力や戦乱に翻弄される女性の生き様をも描く。記述は史実に立脚することを基調とするが、しばしば誇張や虚構も織り交ぜ、詠嘆的な無常観に貫かれている。流麗な和漢混淆文は、場面により荘重さや悲哀感をかもし、軍記物語の最高峰として後代に与えた影響は計り知れない。琵琶法師によって語られ、聞くことによる享受ということが、多数の異本を生んだ理由とされる。諸本は語り本系と読み本系とに大別される。

引用部分は、征夷大将軍の院宣が頼朝に下される場面。読み本系の長門本による。

頼朝征夷将軍宣旨事　（巻十五）

勅定の趣を仰せ含めて、兵衛佐の請文を請け取りて、同廿七日に上洛して、院の御所の御壺の内に参りて、関東の有様を詳しく申したり。「兵衛佐の申され候ひしは、『頼朝は、勅勘を蒙るといへども、御使を奉りて朝敵を退けて、武勇の名誉を長じたるによてなり。忝《かたじけな》く征夷将軍[一]の宣旨を蒙る。都へ参ぜずして、宣旨を請け取り奉る事、其恐れ少なからず。若宮[二]にて請け取り奉るべし』と申され候ひしかば、康貞[三]、若宮の社壇へ参り向かふ。又康貞は、雑色男に、宣旨袋をかけさせて候ひき。若宮とは、鶴岡と申す所に、八幡を遷

一　征夷大将軍。史実では建久三年（一一九二）七月十二日。物語の中では、寿永二年（一一八三）八月とする。
二　鶴岡八幡宮。
三　『玉葉』（寿永二・一一・一三）に「院庁官康貞」とある人物に該当するか。

し奉りて候ふなり。地形、石清水に相似て候ふ。其に宿院有り。四面の廻廊有り。[四]造り道十余町、見下ろしたり。扨《さて》、『院宣をば誰して請け取り奉るべきぞ』と評定候ひけるに、[五]『三浦の介義澄をもて、請け取り奉るべし』と定められ候ふ。彼の義澄は、東八ヶ国第一の弓取り、三浦平太郎為継とて、[六]柏原天皇の御末にて候ふなる上は、父の大介義明、君の御為に、命を捨てたる者なり。然れば、義明が黄泉の冥暗をも照さむが為なり。義澄は、家子二人、郎等十人、相具して候ひき。家子二人と申すは、一人は[七]比企の藤四郎能員、一人は[八]和田の三郎宗実と申す者にて候ふ。郎等十人は、大名十人して俄に出だし立てゝ候ふなり。以上十二人は皆直甲《ひたかぶと》、義澄は赤威の鎧を着て甲をば着候はず。弓脇に挟みて左の膝をつき、右の膝を立て、宣旨を請け取り参らせむと仕る。宣旨をば、つゞらの箱の蓋に入れ参らせて、『抑《そもそも》、院宣請け取り奉らむとするは、たれ〳〵にて御座すぞ』と尋ね申し候ひしかば、三浦介とは名乗らで、『三浦荒次郎義澄』と申して宣旨を請け取りたてまいらせて後、やゝ久しく候ひて、覧箱の蓋に、砂金百両入れられて返し候ひぬ。拝殿に、紫縁《むらさきべり》の畳二帖敷きて、康貞を据ゑ候ひて高坏《たかつき》肴二種にて酒をすゝめ候ふに、[九]斎院次官を配膳にたて、五位一人出だし、肴に、馬引き候ひしに、大宮の侍の一﨟にて候ひし[一〇]工藤左衛門祐経、是を引き候ひぬ。其日、兵衛佐の館へは請じ候はず。五間なる萱屋をしつらひて、椀飯豊にして、厚絹二領、小袖十重、長櫃に入れて置き、此外、上品の絹百疋、次絹百疋、

四　寿永元年（一一八二）、頼朝が鎌倉幕府建設の手始めと政子の安産祈願を兼ね、八幡宮の社壇から由比ヶ浜まで約二にわたって築いた新道。

五　三浦大介義明の子。

六　第五十代桓武天皇。

七　頼朝の重臣。養母比企禅尼は頼朝の乳母。

八　三浦大介義明の孫、和田義盛の弟。義澄の甥。

九　中原親能。大江広元の兄。頼朝の対京都交渉を務める。

一〇　工藤祐継の子。後に曾我兄弟の仇討ちに遭う。34頁参照。

白布百端、紺藍摺百端づゝ積みて候ひき。馬十三疋送りて候ひし中に、三疋は鞍置き候ふ。明くる日、兵衛佐の館へ罷り越え候ひしに、内外に侍《さぶらひ》候ふ。共に十二間にて候ふに、外侍には国々の大名ども、肩を並べて居候ふ。内侍には源氏ども、膝を組みて並居候ふ。末座には郎等ども居たり。少し引きのけて紫縁の畳敷きて、康貞を据ゑ候ひしが、やゝ久しくあて、兵衛佐の命に随ひて、康貞、寝殿へ向かふ。寝殿に高麗縁の畳一帖敷きて、簾を上げられたり。広縁に紫縁の畳を一帖敷きて、康貞を据ゑさせ候ひぬ。兵衛佐、出で合ひたり。布衣に葛袴にて候ふ。容顔あしからず。顔大にして少し低き太《ふと》に見え候ふ。容《かたち》優美にて言語分明なり。子細等、細かに述べられしなり。『行家[一一]・義仲[一二]は、頼朝が使ひに、都へは向かひ候ひぬ。平家は頼朝に恐れて京都に跡を留めず、西国へ落ち失せ候ひぬ。其跡には、いかなる尼君なりとも、などか打ち入らざるべき。それに、義仲・行家、我高名顔に恩賞に預る。剰《あまつさ》へ両人共に、国を嫌ひ申し候ふなる、返す〴〵奇怪に候ふ。但、義仲、僻事仕り候はゞ、行家に仰せて誅せられ候ふべし。行家、僻事仕り候はゞ、義仲に仰せて誅せられ候ふべし。当時も、頼朝が書状の表書には、木曾冠者、十郎蔵人と書きて候へども、返事はしてこそ候へ』と申され候ひし程に、折節、『聞書、到来候ふ』とて、兵衛佐、是を見て、世に心得ずげに思ひて、『秀衡[一三]が陸奥守になされ、資職[一四]が越前守になさる。隆義[一五]が常陸介に成りて候ふとて、頼朝が命に従はず候ひしも、本意無き次第に候へ

一一 源十郎蔵人行家。義仲の叔父。
一二 木曾義仲。源義賢の二男。
一三 奥州藤原氏。藤原秀衡。
一四 城四郎。後に長茂と改名。越後の豪族。
一五 常陸国佐竹、現茨城県常陸太田市の住人。佐竹昌義の四男。

ば、早く彼等を追誅すべきよし、院宣を仰せ下され候ふべし』とこそ申し候ひしか。其後、康貞、色代仕り候ひて、『故《ことさら》に名簿をして参るべく候へども、今度は宣旨の御使にて候へば、追つて申し候ふべし。舎弟にて候ふ史大夫重良、同心に申し候ひき』と申して候ひしかば、『当時、頼朝が身として、いかでかおの〳〵名簿をば給はり候ふべき。さ候はずとも、疎略の儀候ふまじ』と返答してこそ候ひしか。『都にもおぼつかなく思し召され候ふらむに、やがて罷り立つべき』よし、申して候ひしかば、『今日ばかりは逗留あるべし』と申し候ふ間、其日は宿へ罷り帰りて候ひしに、追ひ様に、荷懸駄《にかけだ》卅疋、送り賜《た》びて候ひき。次の日、兵衛佐の館へ向かひて候ひしかば、金作の太刀に、九つ指したる征矢一腰給ひて候ひき。其上、鎌倉を出で候ひし日よりして、鏡[一六]の宿まで宿々には、米五石あて置き候ふ間、たくさんなるによりて、少々は人に取らせて候ふ。又道々、施行に引きてこそ候ひつれ」と、細かに申したりければ、「人に取らせて、康貞が得分にはせで」とぞ、法皇[一七]仰せあて笑はせ給ひける。

一六　現滋賀県蒲生郡竜王町。鎌倉時代の東国路の宿駅。

一七　後白河法皇。第七十七代天皇。鳥羽天皇第四皇子。保元三年（一一五八）譲位の後、天皇五代にわたり院政を行った。今様や芸能に通じ、『梁塵秘抄』を編んだ。

▲鶴岡八幡宮

謡曲・盛久

謡曲。四番目物。現在能。観世元雅作。五流。春（三月）、源平の合戦で生け捕られた平家譜代の侍主馬判官盛久（シテ）は、土屋某（ワキ）の手で関東へ護送される途中、清水観音への参拝を許されたのち東海道を下って鎌倉へ入る。翌日処刑される事を知った盛久は、『観音経』を読誦し霊夢をこうむる。暁、由比ヶ浜で斬られようとした時、太刀取の目がくらみ、落とした太刀は二つに折れる。同じ霊夢を見ていた頼朝は、この奇跡によって盛久を許し祝杯を与える。盛久は、喜びの舞を舞って退出する。類話が長門本『平家物語』巻二十に見える。また、日蓮の竜の口での斬首失敗譚と構成が類似する。本文は観世流謡本による。
引用部分は、霊夢をこうむった盛久が、処刑の朝を迎える部分。

シテ　主馬の盛久
ワキ　土屋某
ワキヅレ　太刀取りの侍

ワキ 既に八声の鳥鳴て、御《ご》最後の時節《じせツ》只今なり。はやはや御《おん》出《ニ》で候へとよ シテ 待ち設けたる事なれば、左には金泥《コンレイ》の御《おん》経、右には思ひの珠の緒の、命は今を限りなれば、是ぞ此[一]世の門出の庭に、足弱々と立出づる ワキ 武士《もののふ》前後を囲みつゝ、 シテ 是も別れの鳥の声、鐘も聞こゆ《オ》る東雲に ワキ 籠《ろお》より籠の輿に載せ シテ 由比[二]の汀へぞ ワキ 急ぎける。 地

一 現行観世流では「此世を門出の」。
二 由比ヶ浜。

夢路を出づる曙や、夢路を出づる曙や、後の世の門出なるらむ

ワキ 扨由比の汀《みぎわ》に着きしかば、座敷を定め敷皮敷かせ、はやはや[三]直らせ給ふべし シテ [四]盛久やがて座に直り、清水の方はそなたぞと、西に向かひて観音の、御名《みな》を唱へて待ちければ ワキヅレ 太刀取り後に廻りつゝ、称念の声の下よりも、太刀振り上ぐれば、こはいかに、御《おん》経の光眼《まなこ》に塞がり、取り落としたる太刀を見れば、二つに折れて段々となる。こはそもいかなる事やらん シテ 盛久も思ひの外なれば、ただ惘然《ぼおぜん》とあきれ居たり ワキ いやいやなにをか疑《うたゴオ》ふべき。此程読誦の御《おん》経の文《もん》 シテ 臨刑欲寿終《りんぎよおよくじシ》 ワキ 念彼観音力《ねびくわんノんりき》 シテ 刀尋《たうじん》 ワキ 段段壊《だんだんネ》の 地 経文あらたに曇りなき。剣《つるぎ》段々に折れにけり。末世《まツせ》にてはなかりけり。あら有りがたの御《おん》経や。頓《やが》て此由聞こし召し、急ぎ御前に参れとの、御使度々に重なれば、召しに従ひ盛久は、[五]鎌倉殿に参りけり。鎌倉殿に参りけり。

三 下掛系は「直り」。
四 平盛久。主馬入道盛国の末子。長門本『平家物語』によれば、平家の残党として報復戦をし、清水寺に等身の千手観音を奉納して、千日詣の最中に捕縛された。
五 源頼朝。

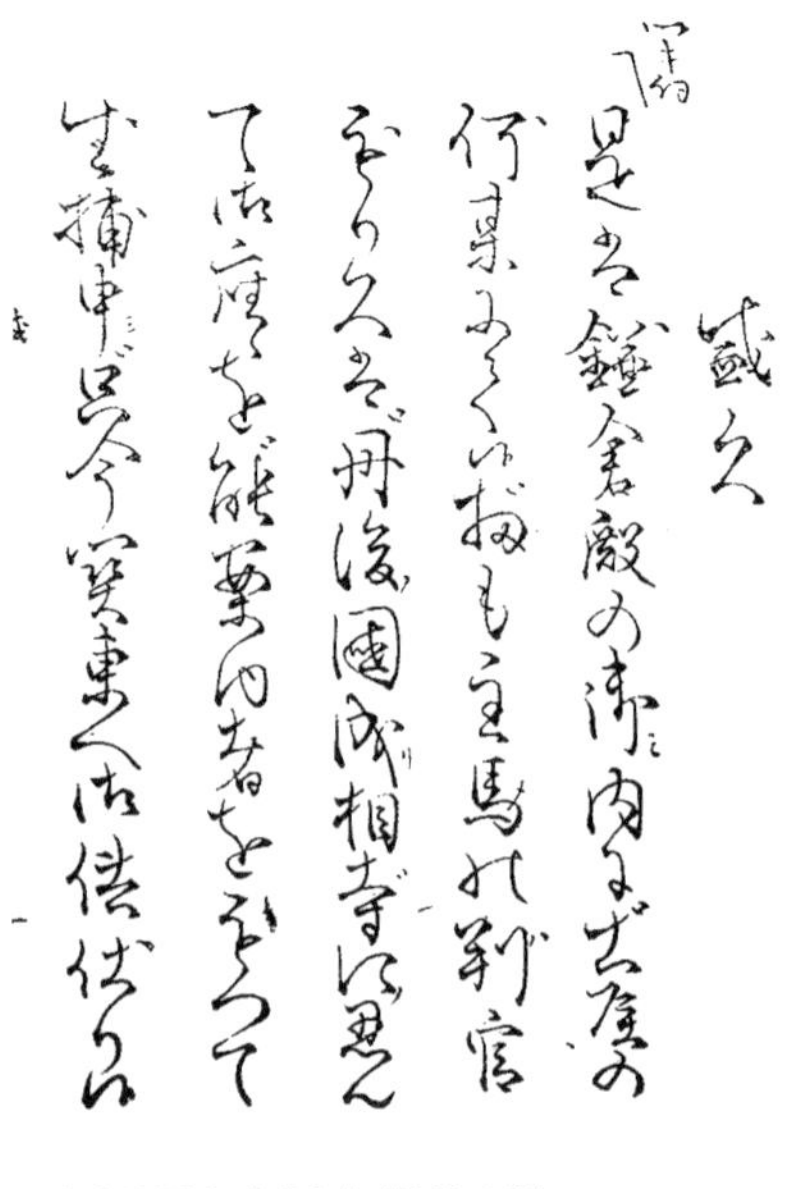
▲宝生流謡本「盛久」（筑波大学）

幸若・浜出

室町時代成立。源平物。祝言曲。源氏の治世をことほぐ曲。建久元年（一一九〇）右大将となった頼朝は、同六年（一一九五）大仏供養に上洛、家来二十人の官途を賜る。この披露を兼ねた祝賀の宴が大名を招いて催される。二日間は酒宴、三日目は江の島詣での浜出となり、船上の舞台で舞楽が催される。そのめでたさは天人も天降るばかりである。冒頭の鎌倉名所尽くしともいえる部分は、「禁中千秋万歳楽」と同文である。江戸中期に版行された渋川屋版御伽草子に『浜出草子』として入る。

そも鎌倉と申すは、昔は、一足踏めば三町揺るぐ大分《だいぶ》の沼にて候ひしを、和田、畠山[一]、惣奉行を賜り、石切り、鶴の嘴をもつて、高き所を切り平らげ、大分の沼を埋め給ふ。上八界、中八界、下八界とて三つに割る。上八界は山、中八界は在家、下八界は海なりけり。上八界の一段高き所には、源氏の氏神、正八幡大菩薩[二]を崇め斎《いは》ひ奉る。中八界の在家を、鎌倉谷《やつ》[三]七郷にぞ割られける。あら面白の谷々や。春は先づ咲く梅が谷[四]、続きの里や匂ふらむ。夏は涼しき扇が谷[五]、秋は露草笹目が谷[六]、冬はげにも雪の下[七]、亀がえが谷[八]こそ久しけれ。遥かの沖を見渡せば、舟に帆掛くる稲村が崎[九]とかや。飯島[一〇]、江の島[一一]続いたり。蓬萊宮[一二]と申すとも、いかで是には勝るべき。かるがゆへに名付けて、歩みを運ぶ輩は、諸願必ず満足せり。ていとう[一三]の鼓の音、颯々《さつさつ》の鈴の声々に、襅《ちはや》の袖を振りかざす、神慮すゞしめの御

一 和田義盛と畠山重忠。37頁参照。
二 鶴岡八幡宮を指す。
三 「谷」は谷間。「七郷」は鎌倉にあった七つの郷。
四 現扇ガ谷四丁目付近か。
五 現鶴岡八幡宮の西側の谷戸一帯。
六 佐助谷と由比ヶ浜に挟まれた地域。
七 八幡宮前から東側一帯。
八 現在の扇ガ谷一帯。
九 七里が浜と由比ヶ浜の中間にある岬。
一〇 現材木座海岸の南東、小坪に続く飯島ヶ崎。
一一 現藤沢市片瀬海岸にある小島。弁財天を祀る。

神楽の音は、隙もなし。

かゝるめでたき折節、頼朝[一四]上洛ましく〵て、[一五]大仏供養を延べさせ給ひ、御身は左近の右大将に経上がらせ給ひ、兵衛司十人、左衛門司十人、廿人の官途を申し賜りて、其頃忠の人々に充て行はせ給ふ。中にも左衛門司をば、[一六]梶原の平三景時に下されけるを、嫡子の源太に譲る。源太、司を賜り、急ぎ国に下り、此事披露申さ

◀舞の本「浜出」（内閣文庫）

で有るべきかと、大名小名招請《てうしやう》申し、いつきかしづき奉る。
先づ初番の雑掌には、蓬莱の山を絡組み、中に甘露の酒を入れ、不死の薬と名付け、銀《しろかね》の竿に金の釣瓶を結びさげ、撥ね釣瓶にて是を汲む。酒に数多《あまた》の威徳あり。疎き人さへ近付き、親しき仲は猶親しむ。[一七]遠近のたつきも知らぬ旅人に、馴るゝも酒の威徳なり。蓬莱の山の上には、[一八]李夫人が橘、玄圃《けんぽ》の梨、[一九]巣父の椎、[二〇]かゝくが柚、とうなんせいの栗と榧《かや》、皆いろ〳〵になりつれて、其味はひは乳味《じゆみ》を成す。誠に不死の薬ぞと、酔をすゝめて参らする。二日の日の雑掌には、肴の数を集め、沈《ぢん》の榾《ほた》、麝香《じやかう》の臍《へそ》、鎧、腹巻、太刀、刀、名馬の数を揃へ、思ひ〳〵に引かれけり。三日の日の雑掌には、江の島詣でに事寄せて、御

一二 中国で、東方の海上にあるとされた不老不死の仙境。
一三 「ていとう」「さつさつ」は擬音語。
一四 建久六年（一一九五）二月。同三月四日入京。
一五 平重衡の南都攻撃で焼亡した大仏が鋳造され、建久六年（一一九五）三月、大仏殿落慶供養が行われた。
一六 梶原景時。37頁参照。
一七 をちこちのたつきもしらぬ山なかにおぼつかなくも喚子鳥かな（古今集春上）
一八 漢武帝の夫人。
一九 中国の伝説上の高士。
二〇 「か、く」「とうなんせい」未詳。

二一 「御寮」は頼朝を指す。「北の方」はその夫人で政子を指す。
二二 畠山重保。37頁参照。
二三 長沼五郎宗政。下野国芳賀郡の住人。
二四 北条時政の妻、牧の方。
二五 足利義兼の妻、政子の妹。
二六 畠山重忠二男、小次郎重秀を指すか。
二七 慈光寺に預けられたこと。慈光寺は、現埼玉県比企郡ときがわ町にある寺。
二八 未詳。武蔵国比企郡鳩山町高坂の住人か。

浜出とぞ聞こえける。忝《かたじけな》くも、御寮[二一]の北の御方出でさせ給ふ。其上人々の北の方も皆御供とこそ聞こえけれ。

船の上に舞台を高く飾り立て、紫檀、花梨木やり渡し、高欄、擬宝珠《ぎぼうし》、磨きたて、舞台の上に綾を敷き、水引に錦を下げぬれば、浦吹く風に飄揺《へうよう》して、極楽浄土は海の面に、浮き出でぬるかと疑はる。御賀の舞有るべしとて、絃管の役をぞさゝれける。秩父の六郎殿[二二]は笛の役とぞ聞こえける。長沼の五郎[二三]は銅拍子《どびやうし》の役なり。梶原の源太景季は太鼓の役とぞ聞こえける。御簾中には、琵琶三面、琴二張、琴《きん》の琴《こと》の役をば、北の御方引き給ふ。一面の琵琶をば、北条殿[二四]の御内様、上総介[二五]の御内様、和琴を調べ給ひけり。絃管いづれも、名にし負ふたる上手なり。舞台の上の舞稚児に、秩父殿の二男、藤石殿[二六]と申して、十三になり給ふ、慈光[二七]育ちの名童なり。左の一頭受け取りの、高坂殿[二八]の鶴若殿、惣じて稚児は十八人、九人づゝに分かちて、左右の舞を舞ひ給ふ。いづれも舞は上手なり。

竜王に一踊り、還城楽《げんじやうらく》の差し足、抜頭《ばとう》の舞の桴《ばち》返し、輪台破《りんだいは》には差す腕《かひな》、青海波《せいがいは》には開く手、古鳥蘇《ことりしよ》に羽返し、いづれも曲を漏らさず、夜日三日ぞ舞ふたりける。打つも吹くも奏づるも、菩薩の行、是なり。天人は天降り、竜神は浮き上がり、船行道に巡るらむ。見聞覚知の輩、浮かれて爰に立ち給ふ。御前の人々、御所領賜り、所知入りとこそ聞こえけれ。

御伽草子・唐糸さうし

御伽草子。「からいと」とも。二巻二冊。室町期の成立。源頼朝の木曾義仲追討計略を背景に、鎌倉御所の女房で、木曾の家来手塚太郎光盛の娘唐糸の前と、その娘万寿を主人公とする孝行物語。舞の徳により母を救うという芸能成功譚。また、八幡霊験譚の要素も併せ持つ。頼朝の義仲追討計略を知った義仲は、唐糸に頼朝暗殺を託す。しかし計画は露見して、唐糸は囚われの身となる。信濃に残されていた万寿は、乳母の更科を頼って鎌倉へ入り、囚人の母と対面し、さらに密かに九ヶ月間母を養う。頼朝の命を受け、鶴岡で今様を歌うことになった万寿は、「鎌倉の四季」を歌いすまし、その歌は、並み居る人々ばかりでなく八幡神をも感動させた。翌日召し出された万寿は母の名を明かし、恩賞に母の助命を乞う。頼朝は唐糸を赦し、手塚の荘を与え、母子ともに帰郷する。頼朝へ奉公する身となった万寿が、母を探し出し再会を果たした記事に続く場面。

次の年の正月二日に、鎌倉殿の常に御祈念をなさるゝ、しゝの間の御座敷に、小松六本、畳のへりに根をさし、生へ出でたるこそ不思議なれ。頼朝大《おほき》に騒がせ給ひ、「かやうなる草木は、土にこそ根のさすに、畳のへりに根をさし、生ひ出でたるこそ不審なれ。鎌倉中のわづらひか、又は頼朝が身の上か。博士を召せ」と宣ひて、その頃、鎌倉中に隠れなき、安倍の中もちと申す博士[一]を召されて、問はせ給ひける。「いかにや中もち承はれ。常に祈念するしゝの間の座敷に、今夜の内に、小松が六本生ひ出でたり。鎌倉中のわづらひか、頼朝が身の上か、天下の乱れか占へ」とぞ仰せける。博士承はり、「そもく\〱𦮙萩の、花の命をのぶること、あまたとは申せども、西王母[二]が園の桃、三千年に一度花咲き、実の

一　仮作の人物。陰陽の博士。

二　漢武帝の宮殿に降り立ち、桃を授けたという仙女。

三 「椿葉再改」が訛ったもの。『本朝文粋』九「徳是北辰、椿葉之影再改、尊猶南面、松華之色十廻」（大江朝綱）による。
四 鶴岡八幡宮の背後にある山。
五 鶴岡八幡宮。
六 「手越」は地名。駿河国安倍川西岸。千手の前は、『平家物語』で捕らわれた平重衡をもてなした遊女。
七 遠江国池田の宿の遊女。『平家物語』では、熊野の娘侍従は平宗盛に愛された。
八 駿河国黄瀬川東岸の宿場の遊女。『曾我物語』では、工藤祐経の酒宴の席に招かれている。
九 相模国大磯宿の遊女。曾我十郎祐成の愛妾。『曾我物語』巻六に、「田舎辺には、黄瀬川の亀鶴、手越に少将、大磯に虎とて、海道一の遊君ぞかし」とある。
一〇 現埼玉県狭山市。「牡丹」は未詳。

◀御伽草子「唐糸さうし」（国会図書館）

なると申せども、見る人も候はず。[三]ちんやさいかい八千世の年を経ることも、ちくさの八千年を経ることも、聞くに、一千年の寿命も、相生《あひおひ》の松にしくことはなし。そも〳〵君が千代をかさねて、六千歳、[四]鎌倉山に年をよせ、栄えさせ給ふべき、かほどめでたき御事に、相生の松が枝《え》を[五]鶴が岡の玉垣の御内に蓬莱をうつしかへ、十二人の手弱女をうつして今様を歌はせ給はば、神徳を深く、君もめでたうましまさむ」と占ひたるこそめでたけれ。

頼朝なのめにおぼしめし、六本の小松を、鶴が岡の玉垣の内へうつし、十二人の手弱女を揃へらるゝ。まづ一番には、[六]手越の長者が娘、千手の前、二番には、遠江国[七]熊野《ゆや》が娘の侍従、三番には、[八]黄瀬川の亀鶴、四番は、相模国山下の長者が娘、[九]虎御前、五番は、武蔵国[一〇]入間川の牡丹といひし白拍子、これをはじめて十一人なり。鎌倉中、広しと申せども、人一人に事を欠

一一　万寿の乳母。

一二　頼朝の妻、政子。

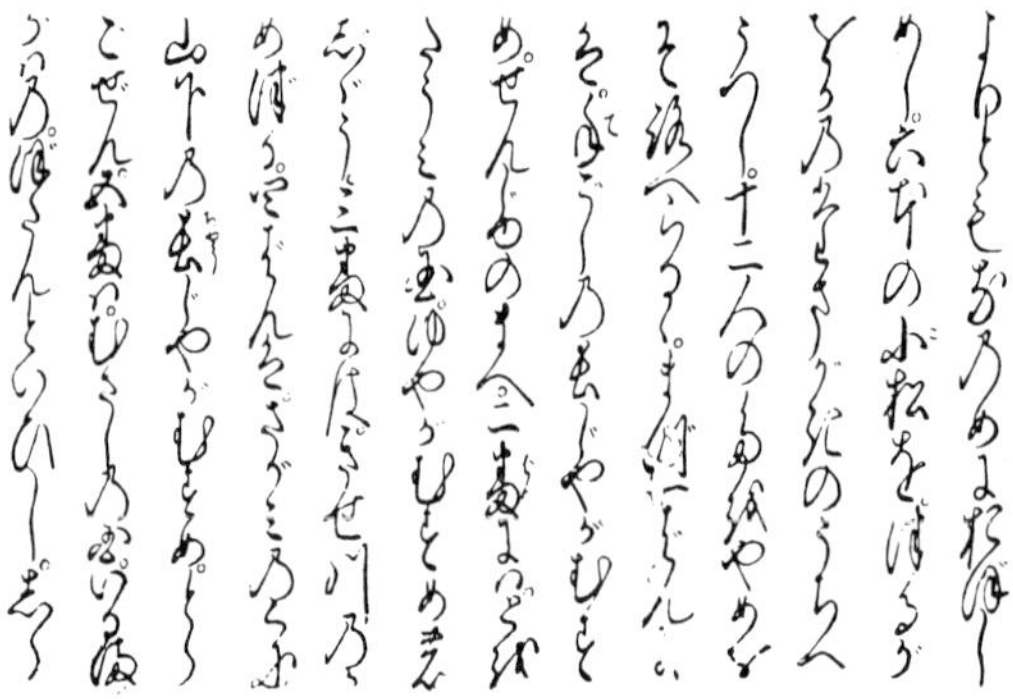

き、色々尋ねらるゝ。その後万寿の姫の乳母は、万寿を近づけて、「御身はみめよく、今様は上手にてましませば、此度出でて、今様を歌はせ給へ、万寿さま」とぞ申しける。万寿聞こし召し、「此度の今様は、世の常の今様にかはりて、めでたき事をば、自ら何とはからふべき、思ひもよらず」と仰せける。更科[一一]大きに腹を立て、「かやうなる時、今様を歌はせ給ひてこそ、御よろこびもましまさむ」とて、御局さまへ参り、「万寿こそ、今様の上手にて候ふ」と申し上ぐる。御局よりも、御台[一二]さま、頼朝さまへ御披露あり。頼朝大きに喜び給ひ、万寿一目見むとて、御前に召され、御覧じて、大きに喜び、御台さまより、十二ひとへの御装束をぞ下されける。もとより姿すぐれたり。肩をならぶる女はなし。

義経記

作者未詳。室町初期から中期にかけての成立と考えられる。源平合戦に活躍した源義経の一代記であるため、曾我兄弟の仇討ちを描いた『曾我物語』とともに、准軍記ともいうべき作品である。内容は大きく前後二段に分けられる。前段は、牛若と呼ばれた幼年期から遮那王の名で鞍馬山に預けられた少年期、奥州に下り源氏の蜂起を待つまでの約二十年間を描く。後段は、平家を討ち滅ぼした後の兄頼朝との対立、西国・吉野・奈良への逃避行、果ては奥州に立ち戻り、庇護者の藤原秀衡の死を契機に平泉の高館で窮死するまでの三年余を描く。源平合戦における義経の武勇譚は、多くを『平家物語』にゆだね、その前後の不遇な生い立ちと悲劇的な末路が記されている。諸本には、『判官物語』系・流布本系・刊本の三系統がある。いわゆる「判官贔屓」の気運を巷間に呼び、後代文学に与えた影響は大きい。特に謡曲・浄瑠璃等の語り物文芸では、「判官物」と呼ばれる一類が形成されている（謡曲『鞍馬天狗』浄瑠璃『義経千本桜』等）。

引用部分は、義経の子供を懐妊中に捕らえられ、生まれた男児を程なく由比ヶ浜で処刑された傷心の静御前が、さらに鶴岡八幡宮で白拍子を舞う場面。静御前は舞に義経への思慕をこめる。

静若宮八幡宮へ参詣の事（巻六）

静[一]がその日の装束には、白き小袖一襲《かさね》、唐綾を上に引き重ねて、白き袴踏みしだき、割菱縫ひたる水干に、丈なる髪高らかに結ひなして、此程の歎きに面痩《おもや》せて、薄化粧眉ほそやかに作りなし、皆紅《みなぐれなゐ》の扇を開き、宝殿に向かひて立ちたりける。さすが鎌倉殿[二]の御前

一　静御前。磯禅師の娘。源義経の愛妾。

二　源頼朝を指す。

三　頼朝の妻、北条政子。

四　工藤祐経。

◀丹緑本『義経記』（国会図書館）

にての舞なれば、面映ゆくや思ひけむ、舞ひかねてぞ躊躇《やすら》ひける。[三]二位殿はこれを御覧じて、「去年の冬、四国の波の上にて揺られ、吉野の雪に迷ひ、今年は海道の長旅にて、痩せ衰へ見えたれども、静を見るに、わが朝に女ありとも知られたり」とぞ仰せられける。静その日は、白拍子多く知りたれども、殊に心に染むものなれば、『新無常の曲』といふ白拍子の上手なれば、心も及ばぬ声色にて、はたと上げてぞ歌ひける。上下「あ」と感ずる声、雲にも響くばかりなり。近きは聞きて感じけり。声も聞こえぬもさこそあるらめとてぞ感じける。『新無常の曲』半《なから》ばかり数へたりける所に、祐経[四]心なしとや思ひけむ、水干の袖を外して、せめをぞ打ちたりける。静「君が代の」と上げたりければ、人々これを聞きて、「情けなき祐経かな、今一折舞はせよかし」とぞ申しける。詮ずる所、敵の前の舞ぞかし。思ふ事を歌はばやと思ひて、

しづやしづ賤のをだまき繰り返し昔を今になすよしもがな

吉野山峰の白雪踏み分けて入りにし人の跡ぞ恋しき

と歌ひたりければ、鎌倉殿御簾をざと下ろし給ひけり。鎌倉殿、「白拍子は興醒めたるものにてありけるや。今の舞ひ様、歌の歌ひ様、怪《け》しからず。頼朝田舎人なれば、聞き知らじとて歌ひける。『賤のをだまき繰り返し』とは、頼朝が世尽きて[五]九郎が世になれとや。あはれおほけなく[六]思ひたるものかな。『吉野山峰の白雪踏み分けて入りにし人の』とは、例へば頼朝九郎を攻め落とすといへども、未だありとござむなれ。あ憎し〳〵」とぞ仰せられける。二位殿これを聞こし召して、「同じ道の者ながらも情けありてこそ舞ひて候へ。静ならざらむ者は、いかでか御前にて舞ひ候ふべき。たとひいかなる不思議をも申し候へ、女ははかなきものなれば、思し召し許し候へ」と申させ給ひければ、御簾のかた〳〵を少し上げられたり。静、悪しき御気色と思ひて、又立ち返り、

　吉野山峰の白雪踏み分けて入りにし人の跡絶えにけり

と歌ひたりければ、御簾を高らかに上げさせ給ひて、軽々しくも讃めさせ給ふものかなといふかさきもあり。二位殿より御引出物色々賜はりしを、判官殿御祈りの為に若宮の別当に参りて、堀藤次が女房諸共に打ち連れてぞ帰りける。

五　源九郎判官義経。義朝の九男。母は常磐。幼名牛若丸、遮那王。平治の乱後捕らわれたが、幼少だったため鞍馬山に入り、後に脱出して奥州藤原秀衡の庇護を受ける。治承四年（一一八〇）兄頼朝の挙兵に応じ、木曾義仲を討ち、さらに平家を壇ノ浦に滅ぼす。この間に梶原景時と対立、後白河院に接近して頼朝と不仲となり、叔父行家とともに頼朝に反したが失敗。再び奥州に潜行して秀衡を頼ったが、秀衡没後、その子泰衡に襲撃され、衣川の館で自害した。

六　以下、「かさきもあり」まで、底本とした古活字本は脱文となっており文意不通。田中本により補う。ただし、「かさき」は未詳。

曾我物語

作者未詳。南北朝期成立か。建久四年（一一九三）五月二十八日、曾我祐成・時致兄弟が富士野の狩場で父の仇工藤祐経を討った史実を物語化したもの。戦乱というよりは私闘を物語化している点で、『義経記』同様准軍記とされる。所領争いに端を発した一族の内紛から兄弟は父を失い、源平の抗争により兄弟の祖父も処刑される。頼朝体制の外に置かれた兄弟は、不遇な幼少年期を母の再嫁先の曾我の里で送る。兄弟は父の仇を討つ事のみを糧として成長し、数々の狩場に密かに随行して好機を狙う。仇討ちを遂げた後、祐成は討死、時致は捕らえられ処刑。祐成と大磯の遊女虎との恋物語や時致と朝比奈義秀との力比べ等も織り交ぜ、また、和漢の故事を大量に取り込む。諸本は、真名本・真名本訓読本・仮名本の三系統。『吾妻鏡』では簡略に記されるに過ぎない仇討ち事件であるが、それが物語として成熟し、さらに謡曲『元服曾我』『夜討曾我』、幸若『和田酒盛』『小袖曾我』、古浄瑠璃『きりかね』等、いわゆる「曾我物」として後代文学への影響は大きい。歌舞伎では『曾我十番切』他六百番に及ぶ狂言が作られ、初春の吉例として上演された。

引用部分は、仮名本から、本田二郎の手引きで祐経の屋形へ侵入した曾我兄弟が、宿願の仇討ちを遂げる場面。

祐経討ちし事　（巻九）

兄弟[一]ともに立ちそひて、松明《たいまつ》ふりあげよく見れば、本田[二]が教へにたがはず、敵はこゝにぞ伏したりける。二人が目と目を見あはせ、あたりを見れば、人もなし。左衛門尉[三]は手越[四]の少将と伏したり。王藤内[五]は畳すこし引きのけて、亀鶴[六]とこそ伏したりけれ。十郎、敵を

一　曾我十郎祐成・五郎時致の兄弟。
二　本田二郎。武蔵国（現埼玉県）住人。
三　工藤左衛門尉祐経。

見つけて、弟に言ひけるは、「わ殿は、王藤内をきり給へ。祐経をば、祐成にまかせてみよ」とぞ言ひたりける。時致聞きて、「おろかなる御ことばかな。我々幼少より、神仏に祈りし事は、王藤内をうたむためか。かの者は、逃がすべし。たてあはば、きるべし。祐経をこそ、千太刀も百太刀も、心のまゝにきるべけれ。はやきり給へ。きらむ」とて、すぞろきてこそ立ちたりけれ。果報めでたき祐経も、無明の酒に酔ひぬれば、敵の入《い》るをも知らずして、前後も知らでぞ伏したりける。二人の君共をば、衣におしまき、畳よりおしおろし、「おのれ、声たつな」と言ひて、松明側《そば》にさしおき、十郎枕にまはりければ、五郎は後にぞめぐりける。二人の君ども、はじめより知りたりけれども、あまりのおそろしさに音もせず。兄弟の人々は、祐経を中におきて、おの〱目と目を見あはせて、うちうなづきて喜びけるぞ、あはれなる。「七三千年に花さき実なる西王母の園の桃、優曇華《うどんげ》よりもめずらしや。優曇華をば拝みて手折《たを》ると言ふなれば、それにたとふる敵なれば、拝みてきれや〱」とて喜びける。さて、二人が太刀を左衛門尉に

▶丹緑本『曾我物語』（筑波大学）

四　現静岡市内、安倍川西岸の宿場の遊女。

五　備前国住人。吉備津宮王藤内。工藤祐経の取り成しによって所領を安堵された。

六　現沼津市内、黄瀬川東岸の宿場の遊女。黄瀬川の亀鶴。

七　西王母は、仙女の名で、漢の武帝に仙桃を進めたという。その仙桃は、三千年に一度、花が咲き実がなると伝えられる。優曇華も、三千年に一度、花が咲くという植物。

あてては引き、引きてはあて、七八度こそあてにけれ。や、ありて、時致、此年月の思ひ、たゞ一太刀にと思ひつる気色あらはれたり。十郎、これを見て、「待てしばし、寝入りたる者をきるは、死人をきるにおなじ。起こさむものを」とて、太刀のきつ先を、祐経が心もとにさしあて、「いかに左衛門殿、昼の見参に入りつる曾我の者ども参りたり。われら程の敵をもちながら、何とてうちとけて伏し給ふぞ。起きよや、左衛門殿」と起こされて、祐経も、よかりけり。「心えたり。何程の事あるべき」と言ひもはてず、起きさまに、枕元にたてたる太刀を取らむとする所を、「やさしき敵の振舞かな。起こしはたてじ」と言ふまゝに、左手《ゆんで》の肩より右手《めて》の脇の下、板敷までもとほれとこそは、きりつけけれ。五郎も、「えたりや、おう」とのゝしりて、腰の上手《うはて》をさしあげて、畳板敷きりとほし、下もちまでぞうち入れたる。理《ことはり》なるかな、源氏重代友切[八]、何物かたまるべき。あたるにあたる所、つゞく事なし。「我幼少より願ひしも、是ぞかし。妄念はらへや、時致。忘れよや、五郎」とて、心のゆく〳〵、三太刀づゝこそきりたりけれ。無慙なりし有様なり。

八　曾我兄弟が箱根参詣をした際に別当から授かった刀の名。源氏重代の刀。

○和田・畠山・梶原

頼朝の政権樹立に尽力した在地の御家人に、和田義盛・畠山重忠・梶原景時がいる。彼等は、頼朝の時代を語る上で不可欠な存在として、後代の文学・芸能にしばしば取り上げられている。いずれも頼朝没後の幕府内権力抗争によって滅亡しており、そのことがより一層、後代の人々の関心を引いたようである。

和田義盛は、桓武平氏、高望王の子息良茂を祖とする坂東平氏の一つ、三浦氏支流。頼朝挙兵時より従い、初代別当となる。相模国三浦郡和田の住人。強弓の兵として知られ、『平家物語』には、遠矢を誇り、壇ノ浦合戦で活躍する。子息の朝比奈義秀も剛力の者として知られ、仮名本『曾我物語』の五郎時致との草摺り引き（巻六、幸若『和田酒盛』も同趣）、狂言『朝比奈』、また御伽草子の世界で、その剛力ぶりを語る逸話は数多い。歌舞伎の隈取りの一つ「朝比奈隈」も、強者の筋肉の隆起を表したもの。頼朝没後、和田一族は北条氏と対立し挙兵、建暦三年（一二一三）滅亡した。

畠山重忠も坂東平氏の一つ、秩父氏。武蔵国男衾郡畠山を本拠とする。頼朝挙兵時は、父重能・叔父小山田別当有重が在京し平家の手中にあったため平家方についたが、父・叔父の解放に伴って頼朝に参じた。これも剛力者として知られ、『平家物語』の宇治川渡河の場面で、馬を射られても怯むことなく水底をくぐって対岸へ渡った話や、一の谷合戦の逆落としで、馬をかついで坂を下りたなどという伝承もある。子息重保は、幸若『九穴の貝』（前出幸若『浜出』に連なる作品。番外謡曲『九穴』も同趣）に水練の達者として登場する。御伽草子『畠山六郎』は、彼を主人公とする物語である。頼朝没後、北条時政の策謀にのせられ、由比ヶ浜で合戦、元久二年（一二〇五）一族は滅ぼされた。

梶原景時も坂東平氏の一つで鎌倉景正子孫。相模国鎌倉郡梶原郷の住人。頼朝挙兵時は平家方についたが、石橋山合戦で頼朝を探索の手から逃れさせ、後に厚い信任を得る。子息の源太景季は、風流を解する武人として、佐々木高綱との先陣争い（『平家物語』宇治川合戦）、箙の梅（『同』一の谷合戦）等の逸話を残す。景時は、平家追討の間の源義経との確執から、義経を讒言した人物として知られる。鎌倉幕府内で侍所所司・厩別当の要職に就き、他氏排斥を重ね権勢を誇ったが、頼朝の没後、有力御家人から排斥を受けて鎌倉を追われ、正治二年（一二〇〇）謀叛を企て滅ぼされた。

古今著聞集

説話。二十巻三十編。橘成季編。建長六年（一二五四）十月成立。『古今和歌集』の形式を模し、全説話を神祇・釈教・政道・忠臣・公事・文学・和歌・管絃歌舞・能書・術道・孝行恩愛・好色・武勇・弓箭・馬芸・相撲強力・画図・蹴鞠・博奕・偸盗・祝言・哀傷・遊覧・宿執・闘諍・興言利口・怪異・変化・飲食・草木・魚虫禽獣の三十編に分類する。採録の範囲は本朝古今の説話に限定し、年代順に前後の説話間に一定の関連を配慮して配列されている。

畠山重忠力士長居と合ひて其肩の骨を折る事（巻十・相撲強力第十五）

鎌倉前右大将家[一]に、東八ヶ国うちすぐりたる大力の相撲出で来て、申して云はく、「当時長居[二]に手向かひすべき人おぼえ候はず。畠山庄司次郎[三]ばかりぞ心にくう候ふ。それとても、長居をば、たやすくは、いかでかひきはたらかし侍らむ」と、詞も憚からず言ひけり。大将[四]聞き給ひて、いやましう[五]思ひ給ひたる折節、重忠出で来たりけり。白水干に葛袴、黄なる衣をぞ着たりける。侍に大名・小名所もなく居なみたる中をわけて、座上にひしと居たりけり。大将なほちかく、それへ〳〵とありけれども、畏りて侍りけり。さて物語りして、「抑《そもそも》所望の事の候ふを、申し出ださむと思ふが、さだめて不許にぞ侍らむず

一 源頼朝。
二 相撲取りの名。系譜等未詳。
三 畠山重忠。37頁参照。
四 源頼朝。
五 異文注記「此事ねたましう」あり。

らむと思ひ給ひながら、又たゞにやまむも忍びがたくて思ひ煩ひたる」と宣はせければ、重忠、とかく申す事はなくて、畏りて聞きゐたりけり。此事たび〳〵になりける時、重忠ちと居なほりて、「君の御大事、何事にて候ふとも、いかでか子細を申し候はむ」と言ひたりければ、大将、入興し給ひて、「その庭に長居めが候ふぞ。貴殿と手合はせをして試みばやと申し候ふなり。東八ヶ国打ち勝りたるよし自称仕うまつるが、ねたましうおぼえ候へば、頼朝なりとも出でて試みばやと思ひ給へども、とりわきそこを手乞ひ申すぞ。試み給へ」と宣はせければ、重忠存外げに思ひて、いよ〳〵ふかく畏りて、言ふ事なし。大将、「さればこそ、是は身ながらも非愛の事にて候ふ。さりながらも我所望、此事にあり」と侍りける時、重忠座をたちて、閑所へ行きて、くゝりすべ、烏帽子かけなどしてけり。長居は、庭に床子に尻かけて候ひける。それもたちて、たふさぎかきてねり出でたり。まことにその体《てい》、力士のごとくに見えければ、畠山もいかゞとぞおぼえける。さて、寄り合ひたりけるに手合はせして、長居、畠山が小首を強く打ちて、袴の前腰をとらむとしけるを、畠山、左右の肩をひしとおさへて近付けず。かくて程経ければ、景時[六]、「いまは事がら御覧候ひぬ。さやうにてや候ふべかるらむ」と申しけるを、大将、「いかにさるやうはあらむ。勝負あるべし」と宣はせはてねば、長居をしり居にへしすゑてけり。やがて死に入りて、足をふみそらしければ、人々寄りて、おしかゞめてかき出だしにけり。重忠は座

六　梶原景時。37頁参照。

に帰り着く事もなく、一言も言ふ事なくて、やがて出でにけり。長居はそれより肩の骨砕けて、かたは物になりて、相撲《すまひ》とる事もなかりけり。骨をとりひしぎにけるにこそ、目おどろきたる事なり。

○頼朝と京都歌壇

散文作品では直情径行・冷酷に描かれることの多い頼朝であるが、その反面、和歌を愛好する風雅な武人であったことも知られている。『吾妻鏡』（41頁）に見える西行が鎌倉を通った時の、頼朝の対応が示すように、当時既に評価の高かった西行への真摯な姿勢はその一端を示している。頼朝の和歌・連歌への興味は『吾妻鏡』『増鏡』『古今著聞集』などに伝わる歌関係の記事からも知られ、勅撰集にも『新古今集』以下に十首入集している。

頼朝がどのような経緯で和歌文芸を身につけたかは明らかではないが、元暦元年（一一八四）四月四日の『吾妻鏡』最初の和歌関係の記事では、京都の公家で、娘婿でもある一条能保を招き、管絃詠歌に興じる様子が伝えられる。頼朝の鎌倉定着とともに、多くの官吏が都から鎌倉に移り住んだ。それらの影響もあったであろうが、二条雅経が元暦二年の父頼経の伊豆配流以降、鎌倉に移り住んだことが特筆される。雅経は、幕府体制の整備に努めた大江広元の娘を妻とし、鎌倉での地位を築きながら、都へも度々上洛し、後鳥羽院時代の和歌所の寄人となり、『新古今集』撰者の一人に選ばれるほどであった。

その一方、近親の梶原景時が当意即妙の和歌で頼朝に答える記事が諸作品に散見されるなど、梶原氏との繋がりも注目される。梶原景時は、和歌に堪能な徳大寺家に仕えたことがあり、こうした経歴から和歌文芸に縁した可能性がある。鎌倉入りした西行も、在俗時は徳大寺家の家人であったこともある。

建久六年（一一九五）の上洛の際には、慈円と和歌の贈答を行い、慈円の家集『拾玉集』には三十七首の頼朝の和歌が収められ、「かくの如き贈答の人、もつとも稀有か」と評されるほどであった。ただし、これらの歌はすべて贈答歌であり、頼朝の歌も添削を受けてから届けられたとする見方もある。

吾妻鏡

歴史書。編著者未詳。治承四年（一一八〇）の源頼朝の挙兵の顚末から始まり、文永三年（一二六六）六代将軍宗尊親王が辞任、帰京するまでの、鎌倉幕府の歴史を編年体で記したもの。和風漢文体で日々の出来事を書き記した日記の体裁を取っているが、様々な材料を基に編纂されたものである事は明らかである。特に初期の頃の記述において、北条氏のための史実の歪曲・美化と思われる部分が見られる。鎌倉時代史を知るための貴重な歴史書であるが、利用に当たっては慎重な態度が要求される。本書はすでに中世から読まれ、戦国時代の武将たちをはじめ、徳川家康も本書を愛読している。本文は主として寛永版本の訓による。

頼朝と西行の対面——文治二年[一]八月——

十五日　己丑　二品[二]鶴岡宮に御参詣、而るに老僧一人鳥居の辺に徘徊す。之を怪しみ、景季を以て名字を問はしめ給ふの処、佐藤兵衛尉義清法師なり。今は西行[三]と号すと云々。仍つて奉幣以後、心静かに謁見を遂げ、和歌の事を談ずべきの由、仰せ遣はさる。西行承るの由を申さしめ、宮寺を廻りて法施を奉る。二品彼の人を召さむが為、早速に還御し給ふ。則ち宮中に招引し、御芳談に及ぶ。此間、歌道并びに弓馬の事に就きて、条々尋ね仰せらるる事有り。西行申して云はく、弓馬の事は、在俗の当初《そのかみ》、慭《なまじひ》に家風を伝ふと雖も、

一　一一八六年。
二　源頼朝。
三　平安末期から鎌倉初期の歌人、僧。俗名佐藤義清（のりきよ）。鳥羽院下北面の武士として仕えたが、二三歳で出家。陸奥から四国、筑紫に至るまで行脚し、生涯にわたって旅が多く、旅の体験を通して独自の詠風を築いた。『新古今集』に九四首入集。家集に『山家集』、自歌合に『御裳濯河歌合』などがある。

[四]保延三年八月遁世の時、[五]秀郷朝臣以来九代の嫡家相承の兵法は焼失す。罪業の因たるに依つて、其事曽て以て心底に残し留めず、皆忘却し了《をは》んぬ。詠歌は、花月に対し動感するの折節は、僅かに卅一字を作《な》す許《ばかり》なり。全く奥旨を知らず。然れば是彼報じ申さむと欲するも所無と云々。然れども恩問等閑ならざるの間、弓馬の事に於ては、具に以て之を申す。即ち[六]俊兼をして其詞を記し置かしめ給ふ。縡《こと》終夜を専にせらると云々。
十六日　庚寅　午剋、西行上人退出す。頻りに抑留すと雖も、敢て之に拘らず。二品、銀作りの猫を以て贈物に充てらる。上人之を拝領し乍ら、門外に於て放遊の嬰児に与ふと云々。

四　一一三七年。
五　藤原秀郷。西行は秀郷流藤原氏の家系。
六　藤原俊兼。筑後権守。
○この逸話は上田秋成『藤簍冊子』（四・月の前）などにも引用された。

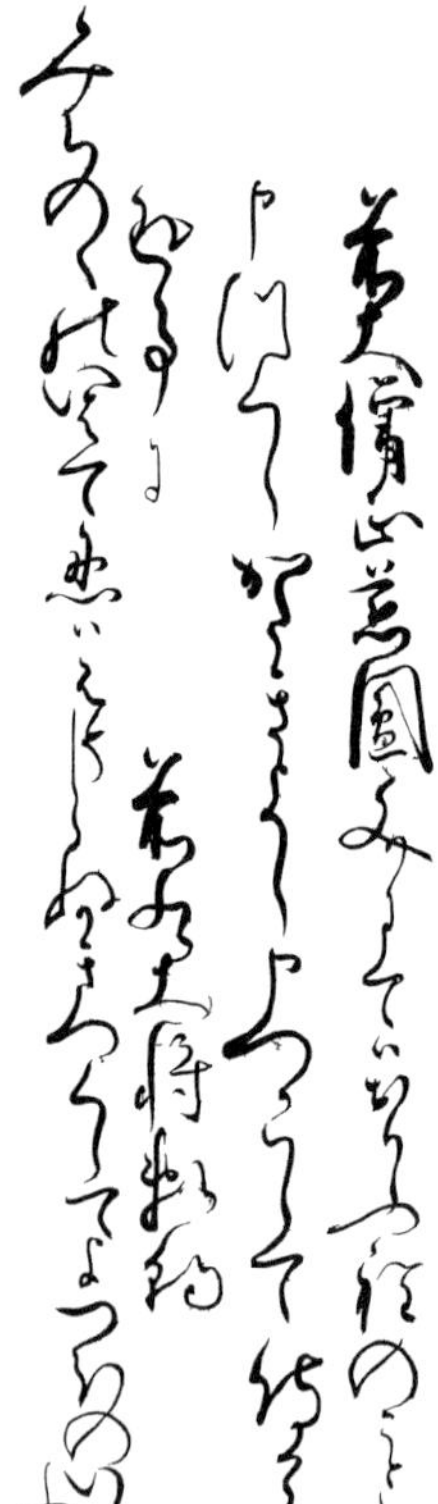

▲『新古今集』（筑波大学）源頼朝詠歌

西行物語

物語。「西行発心の記」「西行四季物語」「西行一生涯草紙」などと題する伝本もある。平安末期の歌人西行の一生を、西行自身の和歌をふんだんに取り入れながら伝記風に纏めたもの。『とはずがたり』に「西行が修行の記の絵」との名前が見え、鎌倉末期の写本（伝阿仏尼筆静嘉堂文庫蔵本）が伝わることから、鎌倉中期にはその原型が成立していたと考えられる。写本・絵巻・奈良絵本・近世板本などで伝わり、その系統も複数ある。西行の家系から始まり、出家、全国行脚の旅、娘との再会、家族の出家と続き、西行とその家族の死、都人の哀傷となっている。西行の歌をもとに、様々な脚色が施されているが、近世における西行像は、本作品及び西行作と当時信じられていた『撰集抄』に拠るところが大きい。引用は流布本系本文による。

引用部分は、東大寺の大仏勧進のために西行が東国（陸奥）に下るため、東海道を名所歌枕を詠み込んだ歌と記事とで繋いだ下向記に続く。

東国下向

[一]足柄山にかかりて、昔[二]実方の中将の[三]「名も足柄の山なれば」と詠《なが》め、また[四]「白霧山深くして鳥一声」といひし人の事ども、思ひ出ださるゝ、折ふし、木枯しの風身にしむばかりなりければ、

[五]山里は秋の末にぞ思ひ知る悲しかりけり木枯しの風

一　現神奈川県足柄上郡、南東部は箱根山に連なる。
二　藤原実方。十世紀の歌人。陸奥守として任地に赴き不遇の死を遂げた。
三　典拠未詳。
四　「蒼波路遠くして雲千里、

相模国大庭といふ所、六砥上原《とがみがはら》を過ぐるに、野原の霧の隙より、風に誘はれ、鹿の鳴く声聞こえければ、

七えは迷ふ葛の繁みに妻籠めて砥上原に雄鹿鳴くなり

その夕暮方に、沢辺の鴫、飛び立つ音しければ、

八心なき身にもあはれは知られけり鴫立つ沢の秋の夕暮

白霧山深くして鳥一声」（和漢朗詠集・行旅）

五　『山家集』詞書では「秋の末に法輪にこもる」、『西行上人集』『山家心中集』詞書では「秋の歌ども詠み侍りしに」。

六　現神奈川県藤沢市鵠沼。片瀬川西岸の原野。

七　初句、歌意不分明。

八　『山家集』『山家心中集』詞書では「秋、ものへまかりける道にて」、『西行上人集』詞書では「鴫」、『新古今集』詞書では「題しらず」。

鎌倉文芸の開花

今にてもあれ鎌倉におん大事出で来るならば、千切れたりともこの具足取つて投げ掛け、錆びたりとも薙刀を持ち、痩せたりともあの馬に乗り、一番に馳せ参じ着到に付き…

謡曲「鉢木」より

金槐和歌集

源実朝の私歌集。藤原定家所伝本（六六三首）は建暦三年（一二一三）十二月十八日の奥書を持つ。実朝あるいは近習の者の手によって編纂され、定家の手が加えられたと推定される。群書類従所収本はこの巻末に八六首を加えたものである。これとは別に、貞享四年（一六八七）に板行された「柳営亜槐」の奥書をもつ『金槐和歌集』七一九首（三首は他人詠）がある。「金槐」の「金」は鎌倉の「鎌」の偏、「槐」は大臣のことで、鎌倉右大臣家集の意となる。引用本文は貞享版本系による。

源実朝は、建久三年（一一九二）征夷大将軍源頼朝の次男として誕生。幼名は千万・千幡。母は北条時政女政子。建仁三年（一二〇三）、兄頼家の死により征夷大将軍となり、以後官位の昇進を続け正二位右大臣に至る。父頼朝の歌が採られた『新古今和歌集』を早くに入手し、和歌に精進した。『吾妻鏡』によれば、元久二年（一二〇五）四月に十二首の歌を詠じたことを伝える。頼朝が定家と交流があったことから、承元三年（一二〇九）には定家から歌論書『近代秀歌』が、さらに建暦三年十一月には『万葉集』が贈られている。建保七年（一二一九）正月二十七日右大臣拝賀の礼を鎌倉鶴岡八幡宮で行った際、頼家の子公暁（鶴岡八幡宮別当）に刺殺された。勅撰集には『新勅撰集』以下に九三首入集し、家集ほか私撰集などで、七百五十首以上が知られる。

蟬[一]のなくを聞きて
吹く風はすずしくもあるかおのづから山の蟬なきて秋はきにけり　（秋・一八九）

一　定家本系統の詞書は「寒蟬鳴」。
○おのづから涼しくもあるか夏衣ひもゆふぐれの雨の名残に（新古今集夏）

秋の野におく白露は玉なれやといふことを人々におほせて、[二]
つかうまつらせし時よめる
さゝがにの玉ぬく糸の緒を弱み風に乱れて露ぞこぼるゝ　（秋・二五七）

霰[三]
もの丶ふの矢なみつくろふこての上に霰たばしる那須[四]のしの原　（冬・三四八）

箱根の山をうち出でて見れば、波の寄る小島[五]あり。供の者に
此の浦の名は知るやとたづねしかば、伊豆の海[六]となむ申すと
答へ侍りしを聞きて
箱根路をわが越えくれば伊豆の海や沖の小島に波のよるみゆ　（雑・五九三）

あら磯に波の寄るを見てよめる
大海の磯もとゞろによする波われてくだけて裂けて散るかも　（雑・六九六）

二　秋の野におく白露は玉なれやつらぬきかくる蜘蛛の糸すぢ（古今集秋上）
○片糸もて貫きたる玉の緒を弱み乱れやしなむ人の知るべく（万葉集巻十一）
三　この歌、定家本系統にない。
四　下野国（栃木県）北部の台地。狩り場としても有名。
○わが袖に霰たばしり巻きかくしけずかもあれや妹が見むため（万葉集巻十）
五　熱海市東方の初島をさすか。
六　伊豆半島東岸の相模湾。
○大坂をわが越え来れば二上にもみちば流るしぐれふりつつ（万葉集巻十）
○大海の磯もとゆすりたつ波のよらむとおもへる浜のさやけく（万葉集巻七）
○伊勢の海の磯もとどろによする波かしこき人に恋ひわたるかも（万葉集巻四）
○聞きしよりものをおもへばわが胸はわれてくだけてさきごころなし（万葉集巻十二）

吾妻鏡

鴨長明の頼朝法要——建暦元年[一]十月——

十三日　辛卯　鴨社氏の菊[二]大夫長明入道（法名蓮胤）、雅経[三]朝臣の挙に依りて、此間下向し、将軍家[四]に謁し奉ること度々に及ぶと云々。而るに今日幕下[五]将軍の御忌日に当り、彼の法華堂に参り、念誦読経の間、懐旧の涙頻りに相催し、一首の和歌を堂の柱に注す。

草も木も靡きし秋の霜消えて空しき苔を払ふ山風

一　一二一一年。
二　鴨長明。
三　飛鳥井雅経。49頁参照。
四　三代将軍源実朝。
五　源頼朝。正治元年（一一九九）正月十三日薨去。底本「御忌月」は誤り。

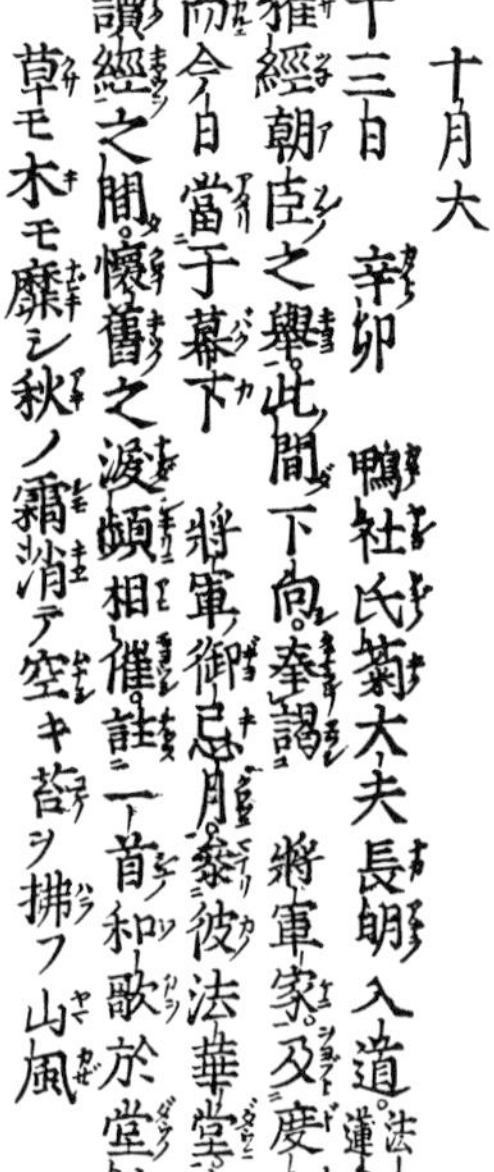

十月大
十三日　辛卯　鴨社氏菊大夫長明入道。法名蓮胤、依
雅經朝臣之擧。此間下向。奉謁將軍家。及度々云々。
而今日當于幕下將軍御忌月。參彼法華堂。念誦
讀經之間。懐舊之涙頻相催。註一首和歌於堂柱。
草モ木モ靡シ秋ノ霜消テ空キ苔ヲ拂フ山風

▲寛永版本『吾妻鏡』
（国文学研究資料館）

○実朝と長明

『吾妻鏡』の記事が示すように、鴨長明の鎌倉下向は二条（飛鳥井）雅経の推挙であった。雅経はすでに頼朝時代から鎌倉に移り住みながら、同じく京都より下り、幕府体制を固めた大江広元の娘と縁した。雅経父の頼経は蹴鞠に優れ、その技量を受け継ぐ雅経は、とくに蹴鞠を好む第二代将軍源頼家に厚遇された。一方、建仁元年（一二〇一）七月に和歌所寄人となり、十一月には『新古今集』の撰者にも選ばれるなど、都での歌人としての地位も築いた。京都歌壇の第一人者藤原定家と実朝との仲介を果たし、鎌倉に典籍が運び込まれたのも、雅経の働きによる所が大きい。雅経は順徳院『八雲御抄』に「人の歌を取る」と評されるほど、秀歌を好む作歌態度があり、実朝の詠作にも少なからず影響を与えていると考えられる。

雅経はまた管絃にも秀で、公事に参加することもあった。鴨長明は雅経とともに後鳥羽院時代の和歌所寄人に選ばれるほどの歌人でもあるが、一方、琵琶を中原有安に学び、秘曲伝授に及んだとされる面もあり、こうした繋がりから雅経の推挙があったものと考えられる。『文机談』によれば、師有安没後、秘曲尽くしの会を催した折に未伝授の曲「啄木」を演奏したことが表沙汰になり、出家したと伝えられる。長明は実朝と対面した建暦元年（一二一一）の翌年、都に戻り『方丈記』を記した。歌書『無名抄』はこの対面を契機として執筆されたと考えられている。

▲源頼朝墓

狂言・朝比奈

鬼狂言。大蔵・和泉流。地獄が飢饉で罪人がなかなか来ないことに困った閻魔王が、自ら六道の辻で罪人を待ち構える。そこへ七つ道具を背負った朝比奈義秀が登場する。閻魔王が捕らえようとするが、まったく朝比奈を動かせない。あきらめた閻魔王は朝比奈に和田戦の起こりを尋ねると、朝比奈は和田一門が幕府の南大門を襲撃し、朝比奈が門破りをした次第を語る。語り終えた朝比奈は閻魔王に極楽に案内することを命じる。閻魔王は断るが、七つ道具と杖の大竹を閻魔王に持たせ、極楽へと旅立つ。引用は和泉流三宅庄市手沢本による。閻魔の「誰か」との問いに対して「朝比奈義秀」と答える部分に続く。寛正五年（一四六四）四月、糺河原における勧進猿楽での上演記録が残る。

シテ　朝比奈三郎義秀　アド　閻魔大王

アド 汝が誠の朝比奈[一]ならば、和田軍の起りを知つて居よう程に、語つて聞かせ。シテ それは身共が手にかけた事ぢやに依つて、よう知つて居る。語つて聞かせう。先づその床几を持つて来い。アド 心得た。さあ〳〵語れ〳〵。ト云うて、葛桶を持つて出で、腰をかける。シテは腰をかけた大王の後より引掴みて、打ちつくる。アド さても〳〵、閻魔あたりの強《きつ》いやつぢや。シテ やい。これが其時手柄をした七つ道具ぢや。見て置け。アド むゝ、むまい匂ひがする。シテ 語らう程に、よう聞け。（語）抑も和田軍《わだいくさ》の起りを尋ぬるに、荏柄《えがら》[二]の平太胤長といつし者、碓氷峠[三]にて虜《いけど》られ、鎌倉を渡さるゝこと、一度

一　相模国三浦に住む一族。三浦義明の孫義盛が三浦半島南西部の和田に住み、和田と称した。早くから源頼朝に従い侍所別当として活躍したが、北条氏により厭われ、建保元年（一二一三）の戦で滅ぼされた。義秀は義盛三男として生まれ、安房国朝夷郡に住み、朝比奈と称した。37頁参照。

二　荏柄胤長。和田義盛の甥。

三　碓氷峠。現在の群馬県と

ならず二度ならず、両三度まで引き渡さるゝ。彼が縄目の辱《はぢ》を雪《すす》がむとて、和田の一門四百八十人連判し、親にて候ふ義盛、白髪頭に兜を戴かむといふ上は、一門の事は云ふに及ばず、その外の人々に残る人はなし。五月三日の早天に、大門《だいもん》の南表に押し寄せ、一度にどつと鬨をつくる。譬へば雷電雲を響かし、大地震のゆるが如くなり。[四]古郡《ふるごおり》がさげ切り、かう申す朝比奈が人礫《ひとつぶて》、目を驚かすところに、[五]親にて候ふ者より使者を立て、何とて朝比奈は、一合戦《ひとかっせん》仕らぬぞとありしかば、承り候ふとて、頓て馬より飛んでおり、大門さして歩み行く。すは朝比奈こそ門破れとて、五六磐石大釘かすがひ、打抜き〳〵打つたる有様は、ただ剣の山の如くなり。かくて朝比奈手のひらを以て、釘の頭をさらり〳〵と撫づれば、釘は即ち湯となつて流れぬ。さて門の扉に手をかけて、えいや〳〵と押しけれども、何かは以てころぶべき。内にも大力が百人ばかり抱へ居た。朝比奈心に思ふやう、若しこの門破れぬものならば、一期《ご》の恥辱と思ひ、金剛力士の力を出し、またえいやつと押しければ、柱は根よりも折れ、扉は内に倒れ伏す。押しに打たれて死ぬる者は、たゞ鮓《すし》おしたるが如くなり。

アド　あゝ其時の鮓が、一ほゝばり頬張りたいなあ。

シテ　其時ならば、いか程なりともおまさうものを。かかつしところに[六]五十嵐の小文治と云つし者、七十五人が力と名乗り、この朝比奈を目掛け駈け来《き》たる。もの〳〵しやと思ひ、かの小文治を近付け、[七]小耳の脇をとらまへ、鞍の前輪に押付けて、あなたへはころり、こなたへはころり、

長野県との県境。軽井沢の南。

四　武蔵七党の一つ、横山党の一つで、古郡左衛門尉保忠。和田合戦で和田軍に加勢し、乱後滅ぼされた。

五　朝比奈義秀の父、和田義盛。

六　五十嵐小豊治吉辰。越後国の土豪。和田合戦に北条方として加わるが、討ち死にした。

七　シテはアドの頭を取り、前後左右に回して転がす。

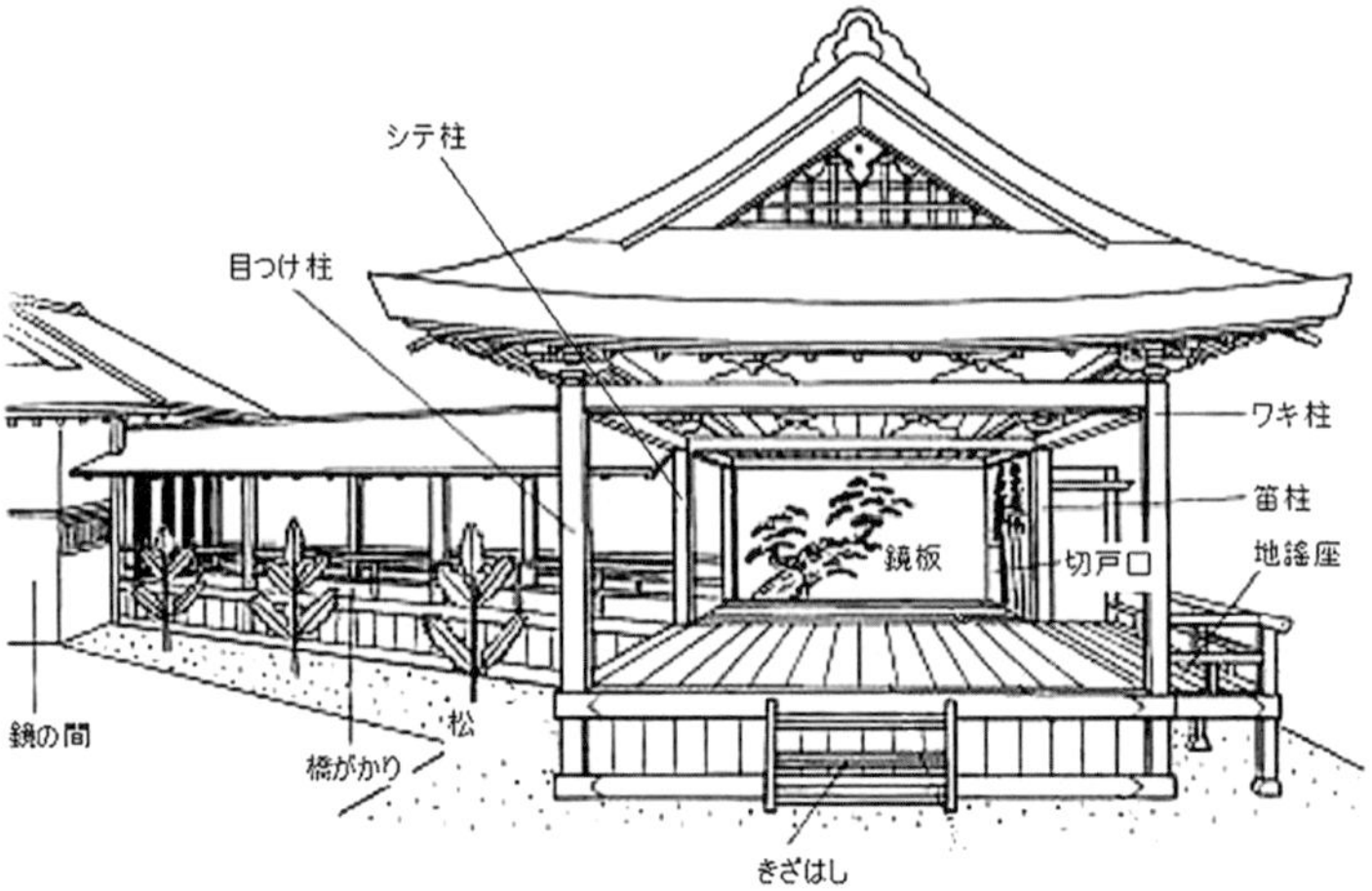

ころりころりとところばかいてあるぞとよ。猶も寄れ、語つて聞かせう。アド いやも聞きたうはない。シテ もそつとお聞きやらいでな。アド もういやぢや〳〵。シテ それならば極楽へ導きをせい。アド 勝つに乗つて様々の事をぬかしをる。それはおのれが行きたい所へ行かうまでよ。シテ 扨は導きをせまいといふ事か。アド また何のやうにせうぞ。シテ それは誠か。常の如くつめる。シテ 朝比奈腹を据ゑかねて。[八] 地 朝比奈腹を据ゑかねて、この程中間《ちゆうげん》に事欠きつるに、熊手・ないがま・かなさい棒を、閻魔王にづッしと持たせ、閻魔王にづッしと持たせて朝比奈は、浄土へとてこそ参りけれ。

八　ここから末尾まで謡部分。

増鏡

歴史物語。作者未詳（二条良基説が有力）。作品中の記事「基教の三位中将」の出家から康永二、三年（一三四三～四四）以後、応安末（一三六九～七〇）頃の成立と見られる。治承四年（一一八〇）の後鳥羽天皇誕生から、元弘三年（一三三三）の後醍醐天皇の隠岐からの還幸までの歴史を編年体で記す。『大鏡』に倣い、ある女性が嵯峨の清涼寺に参詣し、釈迦涅槃会に臨んだ折、老尼から聞いた話を書き記すという趣向を取る。『とはずがたり』『平家物語』『五代帝王物語』『土御門院御百首』など様々な典拠が指摘されている。

　引用は、鎌倉幕府の成り立ちから始まり、二代将軍頼家を源実朝と北条時政とが「一つ心にてたばか」って殺害し、実朝が将軍に就いたという記事に続く。

実朝暗殺　（第二・新島守）

　さて、今はひとへに、実朝、故大将[一]の跡をうけつぎ、官位《つかさくらゐ》とゞこほる事なく、よろづ心のまゝなり。建保元年[二]二月廿七日、正二位せしは、閑院[三]の内裏つくれる賞とぞ聞き侍りし。同じ六年[四]、権大納言になりて、左大将を兼ねたり。左馬寮をさへぞつけられける。その年やがて内大臣になりて、なほ大将もとのまゝなり。父にもやゝ立ちまさりていみじかりき。この大臣は、大かた心ばへうるはしく、たけくもやさしくも、よろづめやすけれ

一　源頼朝。
二　一二一三年。
三　京都市二条の南、西洞院の西にあった皇居。承元二年（一二〇八）焼亡、実朝が修造した。
四　建保六年（一二一八）一月、任権大納言。十月、任内大臣。同年十二月、正二位右大臣。

ば、理《ことわり》にも過ぎて、武士《もののふ》のなびき従ふさまも代々に越えたり。いかなる時にかありけむ、

　山[五]はさけ海はあせなん世なりとも君に二心われあらばやは

とぞ詠みける。

時政[六]は建保三年かくれにしかば、義時[七]ぞ跡を継ぎける。故左衛門督[八]の子にて、公暁[九]といふ大徳《だいとこ》あり。親の討たれにし事を、いかでか安き心あらむ。いかならむ時にかとのみ思ひわたるに、この内大臣、また右大臣に上がりて、大饗などめづらしく東《あづま》にて行ふ。京より尊者をはじめ上達部・殿上人多くとぶらひいましけり。さて、鎌倉に移し奉れる八幡の御社に、神拝に詣づる、いといかめしきひゞきなれば、国々の武士はさらにも言はず、都の人々も扈従《こせう》したりけり。たち騒ぎのゝしる者、見る人も多かる中に、かの大徳、うちまぎれて女のまねをして、白き薄衣ひきおり、大臣の車より降るゝ程を、さしのぞくやうにぞ見えける。あやまたず首をうちおとしぬ。その程のとよみいみじさ、思ひやりぬべし。かく言ふは承久[一〇]元年正月廿七日なり。そこらつどひ集まれる者ども、たゞあきれたるより外の事なし。京にも聞こしめし驚く。世の中火を消ちたるさまなり。下りし人々も泣く〳〵袖を絞りてぞ上りける。

五　金槐集、新勅撰集に入集。
六　北条時政。鎌倉幕府初代執権。
七　北条義時。時政嫡男。鎌倉幕府二代執権。
八　二代将軍源頼家。元久元年（一二〇四）七月、北条氏により殺害された。
九　源頼家息子。鶴岡八幡宮別当職。
一〇　建保七年（一二一九）。四月十二日、承久に改元。

六代勝事記

歴史物語。作者は未詳であるが、序文によれば、応保年間（一一六一〜六三）の生まれで、貞応年間（一二二二〜二四）に六十余歳の世捨人であるという。藤原定経、藤原長兼、源光行などの説が挙げられている。承久の乱に衝撃を受けた作者が、高倉天皇即位から安徳・後鳥羽・土御門・順徳・後堀河天皇まで、六代五十四年間に見聞した京・鎌倉の記事を纏めたもの。大事件を通して為政者のありようを描く。文書類を訳して使用するほか、和歌漢籍等も取り入れ、華麗な和漢混淆文で歴史を綴り、鎌倉期歴史文学として、慈円『愚管抄』に次ぐ位置にある。その文章は『平家物語』『保元物語』などに引用される。全体の三分の一を占める承久の乱に対する記事は、『承久記』『吾妻鏡』への影響も考えられる。

引用部分は、源頼朝などの歴代の為政者を順に記し、源実朝の徳を称える部分に続き、実朝暗殺の日の不思議な兆しを記す部分。類似の記事が『吾妻鏡』の特定の系統の伝本に載る。

実朝薨去の和歌

将軍[一]館より出で給ふに、鳩鳥[二]しきりにかけり。車よりおるゝに、雄剣をつきをれり。祖[三]宗のしめすなり。

昔臨江王[四]とほくゆきし日、車のよこがみをれぬ。老父のいさめにしたがはずしひてさりて、はやく卒してふたゝびかへる事を得ず。先事わすれざる、後生のつゝしむ所なり。此

一 三代将軍源実朝。
二 鳩は八幡宮の使いと考えられていた。
三 鶴岡にまつられる源氏の祖。
四 中国、漢の国の景帝の第二子。

時によをのがる丶、兵百余人。其中に、[五]前の民部権少輔大江親広は大膳大夫広元の長男なり。[六]出羽権介藤原景盛は[七]将軍三代の近習、文武二道の達者なり。両人の恨、知恩の志、世のおすところ、のがれてもしかもあまりあり。此外、或は疎遠・貧賤のやから、或は若冠・二毛の質、父子・兄弟ともに家をいで、郎従・僮僕おなじくかうべをそる。おの〳〵思ふところをしらず。[八]右京権大夫兼陸奥守義時の一族、旧主のあとををしむ心ふかくて、一人も出家の思なし。あはれむべし、[九]胡蝶の夢、七十余廻の春をのこして、たちまちにおどろきぬる事を。

　出でていなば主なき宿と成りぬとも軒ばの梅よ春を忘るな

とかきとゞめられける。いまはのみち、たなごころをさしけるにや。

▲鶴岡八幡宮　実朝暗殺の場（2001年撮影）

五　正五位下。法名蓮阿。

六　従五位下。法名覚地。後に高野に入り、その地で没した。

七　頼朝・頼家・実朝の三代。

八　北条義時。この後、北条一族の権力がさらに拡大される。

九　『荘子』斉物論の故事。荘周が百年にわたる出来事を見たが、それも一瞬の夢であったという話。実朝はこの時二十八歳で、七十余年を残しているということ。

〇こちふかばにほひおこせよ梅の花あるじなしとて春をわするな（拾遺集雑春）

信生法師日記

信生法師の家集『信生法師集』の前半部をなす旅日記。信生（宇都宮一族の塩谷朝業）作。元仁二年（一二二五）二月に都を出発し、月末鎌倉に到着、その後信州善光寺に赴き、さらに嘉禄二年（一二二六）故郷塩谷へ帰るまでから成る。元仁二年の下向は朝業の出家後初めてのものであり、以前同じ道を辿った事を回想しながら、出家者としての側面をところどころで記す。折々の和歌四十六首を含む。後半の家集部分は、四季・賀・恋・雑の百六十二首を収めるが、詠作年次の確定できる根拠はなく、塩谷に戻って間もない時期に全体を纏めたかと考えられている。

信生は宇都宮頼綱弟で、宇都宮歌壇（59頁参照）を形成した一人。建保七年（一二一九）一月の源実朝暗殺を契機に、鎌倉から塩谷に戻り、承久二年（一二二〇）に出家した。

引用部分は、鎌倉到着直後の部分で、在俗時に仕えた源実朝の七回忌を体験した記事である。

実朝の七回忌

二月廿九日鎌倉に着きて、三月四日より二位殿[一]の御持仏堂[二]乞ひ受けて、別時の念仏するほどに、春雨ののどかなる夕暮に、紐解き渡す花の顔[三]、己れ一人と笑みひろげて[四]、思ふことなげなるにも過ぎにし方思ひ出でられて、袖の雫も一重になりぬ。

春雨の過ぎ[五]ぬる世々を思ひをれば軒にこたふる玉水の音

一　北条政子。北条時政娘、源頼朝室、実朝母。建保六年（一二一八）、従二位。

二　頼朝が父の供養のために建立した勝長寿院の奥に貞応二年（一二二三）建てられた廊御堂。

雨の後、月初めて晴れ侍る夜、宿に書き付け侍る。

　月影も春も昔の春ながらもとの身ならで濡るゝ袖かな

月の夜、御墓とふて通夜し侍るに、御面影は只今も向かひ奉りたる心地して、[六]心を痛ましむるなる故宮の月に、いとゞ松風吹き添へて、昔今の事思ひ残さず。事なく三笠の月影なびく今宵まで至り給ひしに、思ひがけぶり日々みなし奉りしほどの事などは、この世の外になりぬるにも、忘れ給ふべくもなし。薪尽きにし暁の空、形見の煙だに行方も知らず、[七]霞める空はたど〴〵しきを、[八]篠分けし暁にあらねども、帰さは袖の露も数まさりし折なむど、たゞ昨日今日と移り行く夢を数ふれば、早七年なりにければ、驚かるゝは悲しとも疎《おろ》かなり。

三　夕顔に紐とく花はたまぼこのたよりに見えしえにこそありけれ（源氏物語夕顔）

四　白き花ぞおのれひとりゑみの眉開けたる（源氏物語夕顔）

五　春雨が沢山降るの意と、時間が経過するの意とをかける。

○月やあらぬ春や昔の春ならぬわが身ひとつはもとの身にして（古今集恋五、伊勢物語）

六　行宮に月を見れば心を傷ましむる色、夜の雨に猿を聞けば腸を断つ声（和漢朗詠集恋）

七　春の空のたどたどしき霞の間より（源氏物語若菜下）

八　秋の野に笹わけし朝の袖よりも逢はでぬる夜ぞひちまさりける（古今集恋三、伊勢物語）

▲源実朝墓（寿福寺）

○宇都宮歌壇

宇都宮氏は、関白藤原道兼の曾孫宗円が下野に下り、土着したのに始まると伝えられる豪族で、宗円の孫朝綱は平氏に仕え北面の武士となったが、その後、源頼朝に仕え、宇都宮社務職となった。以後、代々鎌倉幕府の有力御家人として重用された。一族に文化的性格が強く、歌道好尚が著しい。五代当主頼綱は出家後、蓮生と号して上洛、嵯峨に居を構え、定家に交わり、娘を定家息為家に嫁がせ御子左家と縁戚関係を持った。嵯峨住まいの折に、定家に『小倉山荘色紙和歌』の依頼をしている。頼綱弟の朝業（出家後、信生）は三代将軍実朝に、頼綱孫（泰綱息）の景綱（出家後、蓮愉）は六代将軍宗尊親王に、和歌の才をもって寵愛されるなど、一族から多数の歌人を輩出した。

このように、都・鎌倉との繋がりを持ちながら、宇都宮においても歌会をしばしば催し、歌壇と呼ぶことの可能な一大文化圏を築いたのであるが、その片鱗は、頼業息の笠間時朝（あるいは景綱）が実質的な撰者と見られる『新和歌集』に窺える。『新和歌集』は彼ら一族の詠作、また交流のあった御子左家や鎌倉の文人の詠作を収めた八七五首の私撰集。その歌風は、藤原為家以来の二条派に近い平明温雅なものが多い。

○宇都宮氏系図

宇都宮 朝綱—成綱
- 頼綱（蓮生）
  - 時綱
  - 泰綱—景綱（蓮愉）
  - 女子 ＝ 為家
- 塩屋 朝業
  - 親朝
  - 笠間 時朝

定家—為家

承久記

作者未詳。二巻。最古態本の慈光寺本は、鎌倉時代前期、延応二年（一二四〇）以前の成立と推定される。鎌倉時代初期の公家・武家の対立から戦乱に発展した承久の乱（一二二一）の顛末を描いた軍記物語。『保元物語』『平治物語』『平家物語』とともに、「四部合戦状」と称される。源実朝の暗殺事件を機に、公家と武家との対立が表面化し、後鳥羽院は北条義時追討の院宣を下す。そのことを知った北条政子は鎌倉幕府方の諸将を呼び集めて結束を訴え、一丸となった鎌倉方は、京方に勝利。後鳥羽院を隠岐流罪に処した。作者の立場は、北条義時を中心とした鎌倉幕府に近いものと思われ、全体的に後鳥羽院には批判的である。諸本には、慈光寺本・前田家本・流布本・『承久軍物語』本の四系統。本文は流布本系統による。

引用部分は、後鳥羽院が北条義時追討の院宣を下したという知らせを受けた北条政子が、諸将に結束を訴えかける場面。そこには、今はなき頼朝・実朝に対する報恩、幕府に対する報恩の勧めが色濃く出ており、そのことが諸将の心を結束させたのである。政子は、こうした承久の乱に際しての働きにより、世間から尼将軍と呼ばれるようになる。

政子、鎌倉武士たちを説得（上巻）

角テ権大夫[一]、駿河守[二]ヲ相具シテ二位殿[三]ニ参リ、「世中コソ已ニ乱レテ候ヘ。去ル十五日ニ光季[四]被レ打《うたれ》テ候フ也。世上イカヾ御計ヒ可レ候《さうらふべき》」ト被レ申《まうされ》ケレバ、二位殿、妻戸ノ間ヘ出デ給ヒ、御簾半《なから》バカリ上ゲサセ、御覧ジ出ダシテ宣ヒケルハ、「日本国ニ女房ノ目出タキタメシニ、尼ヲコソ申スナレドモ、尼程物思ヒタル者世ニアラジ。故殿[五]ニ相ソメ進ラセシ

一　右京権大夫北条義時。政子の兄。
二　三浦義村。
三　北条政子。北条時政の娘。源頼朝の妻。
四　伊賀判官光季。
五　源頼朝。

時ハ、世ニナキ振舞スルトテ、親ニモ疎カニ悪《にく》ミソネマル。其後、平家ノ軍始マリシカバ、手ヲ握リ心ヲ砕キ、精進潔斎シテ仏神ニ祈精ヲ致シ、安カラヌ思ヒニテ六年ガ程ハ明カシ暮ラシ候フニ、平家無レ程《ほどなく》亡ビシカバ、サテ世中ヲダシクトゾ思ヒシニ、無二幾程一《いくほどなく》大[六]姫君ニヲクレ進ラセテ、何事モ不レ覚《おぼえず》、同ジ道ニト悲シミシヲ、故殿、『一人無ケレバトテ、サノミ思ヒ沈ム事ヤハアル。ナキ者ノ為ニモ罪深キ事ニコソナム』ト被レ仰《おほせられ》シカバ、必ズ其ニナグサムトシモハ無ケレドモ、明ケヌ暮レヌトセシ程ニ、二度ウ[七]セサセ給ヒシカバ、此時コソ限リナリケレト思ヒシヲ、左[八]衛門督殿未ダヲサナクマシ〳〵シカバ、故殿ニヲクレ進ラセテ、如何ガセムト存ジ候フダニモセムカタモ候ハヌニ、『一度ニ二人ニヲクレム事ヨ』ト余リニ被レ仰《おほせられ》シカバ、ゲニ又、難二見捨一《みすてがたく》思ヒ進ラセテ有リシ程ニ、又、督[九]殿被レ失《うせられ》給ヒシカバ、誰ヲ可レ頼《たのむべき》方モナク成リハテ、、鎌倉中ニ恨メシカラヌ者モナク思ヒ沈ミシカドモ、故[一〇]大臣殿ノ『今ハ頼モシキ方モナク、独リ子ト成リテ候フヲ、争デカ御覧ジ捨テラレ可レ候《さうらふべき》。何レカ御子ニテ候ハヌ』ト、ヲトナシク歎キ被レ仰《おほせられ》シカバ、現ニイタハシクテ空シク明カシ暮ラシ候フニ、大臣殿失[一一]セサセ給ヒシカバ、是コソ限リナレ、何ニ命ノ存《なが》ヘテ、カヽル浮身ノムクヒニ兼ネテ物ヲ歎クラム、如何ナル淵河ニ身ヲナゲ空シク成ラムト思ヒ立チシニ、権大夫、『カクシテ空シクナラセ給ヒナバ、鎌倉ハカセギノ栖カト成リ果テ亡ビナムズ。三代将軍ノ後生ヲモ、誰カ訪ヒ進ラセ可レ候《さうらふべき》。真ニ思シ召シ立テ給ヒ

六　源頼朝の長女。正治元年（一一九九）十四歳で夭折した。

七　正治元年（一一九九）、頼朝が没したことを指す。

八　源頼朝の長男、頼家。鎌倉幕府二代将軍。左衛門督。

九　源頼家。元久元年（一二〇四）七月、幽閉されていた伊豆国修善寺の浴室で殺された。

一〇　源頼朝の二男、実朝。鎌倉幕府三代将軍。右大臣。

一一　源実朝。建保七年（一二一九）正月、甥の公暁に殺された。

一二　鎌倉幕府の御家人が、京都の内裏・院御所・諸門の警固に当たること。京都大番役。史実では、任期は三ヶ月乃至六ヶ月。

テ、先ヅ、義時、御前ニテ自害ヲシ御供可レ仕《つかふまつるべき》カ』ト、夜昼立チモ不レ去《さらず》、様々ニ歎カセ給ヒシ間、実ニ代々将軍ノ後生ヲモ誰カ訪ヒ奉ルベキト思ヒシ程ニ、今日迄ツレナク存ヘテ、カヽルウキ事ヲモ見聞ク事コソ悲シケレ。日本国ノ侍共、昔ハ三年ノ大番[一二]トテ、一期ノ大事ト出デ立チ、郎従・眷属ニ至ル迄、是ヲ晴レトテ上リシカドモ、力尽キテ下リシ時、手ヅカラ身ヅカラ蓑笠ヲ首ニ掛ケ、カチハダシニテ下リシヲ、故殿ノアハレマセ給ヒテ、三年ヲ六月ニツヾメ、分々ニ随ヒテ支配セラレ、諸人タスカル様ニ御計ヒ有リテ、是程御情ケ深クワタラセ給ヒシ御志ヲ忘レ進ラセテ、京方へ参ラムトモ、又留マリテ御方ニ候ヒテ奉公仕ラムトモ、只今タシカニ申シ切レ」トゾ宣ヒケル。是ヲ奉《うけたまは》リテ、有リトアル大名・小名、皆袖ヲヲホヒ涙ヲ流シテ申シケルハ、「無レ心《こころなき》鳥類・獣迄モ人ノ恩アル事ヲ不レ忘《わすれず》トコソ承レ。マシテ申シ候ハムヤ、代々御恩ヲ罷リ蒙リヌル上ハ、被レ向《むかはれ》候ハム所迄ハ相向ヒ、如何ナラム野ノ末、道ノ辺リマデモ、都ヲバ枕トシ関東ヲバ跡ニシテ、屍ヲサラス身トコソ罷リ成リ候ハムズラメ。争デカ偽リヲ可レ申《まうすべき》」トテ各帰リヌ。

徒然草

随筆。上下二巻、序段と二百四十三の章段からなる。兼好法師作。成立年は未詳であるが、南北朝に入る直前（一三三〇年頃）かと考えられている。また、短期間に纏めて執筆されたのではなく、段階的に執筆し、その後纏められたと推測されるが、それも諸説ある。内容は多岐にわたり、またその文体も時によって和文脈・漢文脈を使い分けながら、独自の思想・美意識に基づいて記事を展開させていく。永享三年（一四三一）正徹書写の写本が存在し、近世期に広く読まれた。

兼好は鎌倉末期から南北朝期の人物で、卜部兼顕の子、在俗時は兼好《かねよし》、法名は兼好《けんこう》と名乗った。二条為世の門弟四天王の一人と言われ、歌人としても著名である。『兼好法師集』から、鎌倉・金沢に下ったことが知られ、『徒然草』中に記される関東関係の記事も、関東下向時に見聞したと考えられるものがある。

相模守時頼の母は　（百八十四段）

相模守時頼[一]の母は、松下禅尼[二]とぞ申しける。守を入れ申さるゝ事ありけるに、すゝけたる明り障子の破ればかりを、禅尼手づから、小刀して切り廻しつゝ張られければ、兄《せうと》の城介義景[三]、その日のけいめい[四]して候ひけるが、「賜りてなにがし男に張らせ候はむ。さやうの事に心得たる者に候ふ」と申されければ、「その男、尼が細工によもまさり侍らじ」とて、なほ一間づゝ張られけるを、義景、「皆を張りかへ候はむは、はるかにたやすく候ふ

一　北条時頼。鎌倉幕府五代執権。弘長三年（一二六三）没。
二　秋田城介安達景盛女。北条時氏側室として、時頼を産む。
三　秋田城介兼出羽守安達義景。
四　経営（けいえい）の転音。

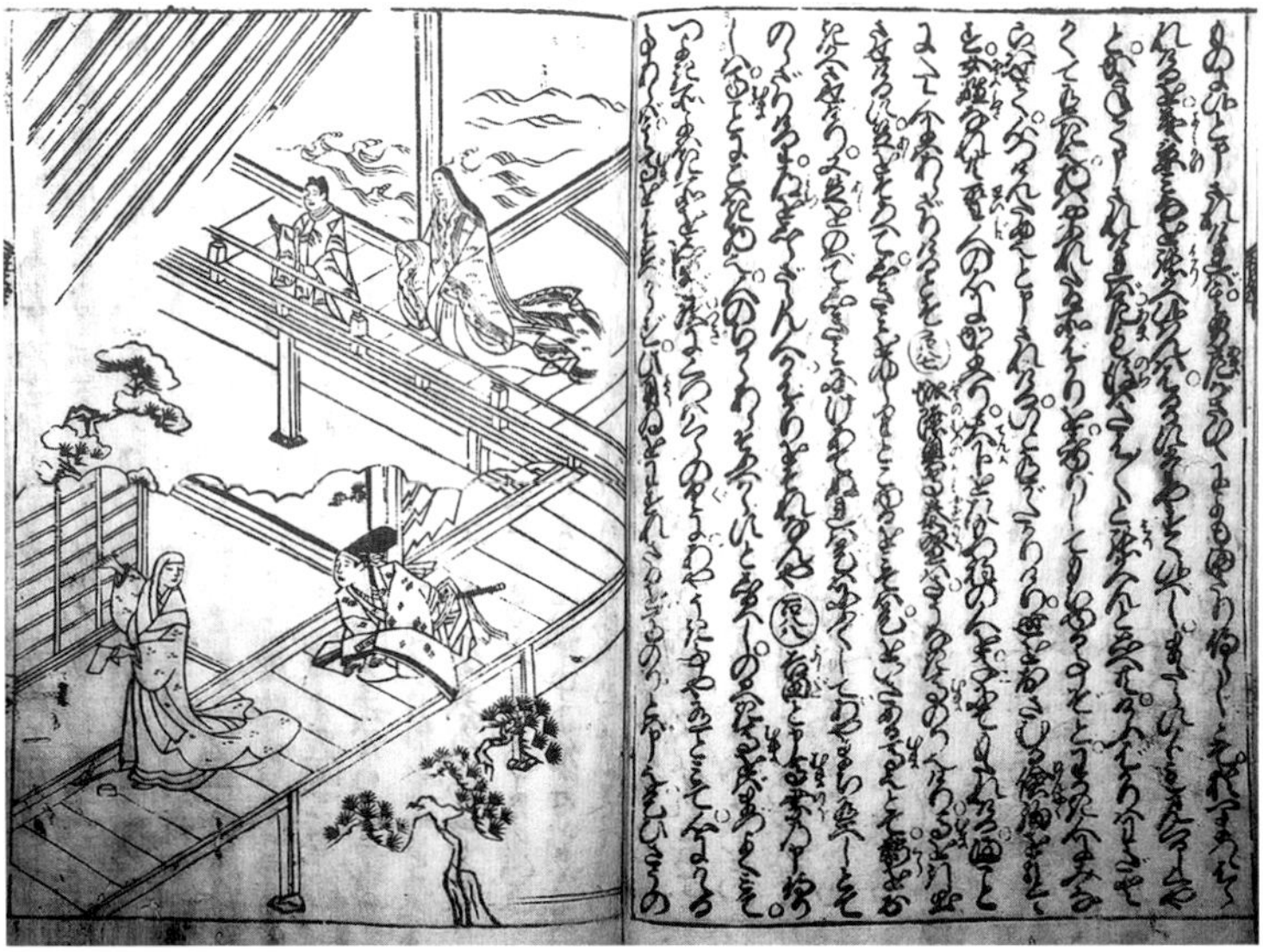

◀寛延四年『新板絵入徒然草』（筑波大学）

べし、まだらに候ふも見ぐるしくや」と重ねて申されければ、「尼も、後はさは〳〵と張りかへむと思へども、今日ばかりは、わざとかくてあるべきなり。物は破れたる所ばかりを修理して用ゐる事ぞと、若き人に見ならはせて心つけむためなり」と申されける。いとありがたかりけり。

世を治むる道、倹約を本とす。女性なれども聖人の心に通へり。天下を保つ程の人を、子にて持たれける、誠に、たゞ人にはあらざりけるとぞ。

平宣時朝臣、老ののち　（二百十五段）

平宣時朝臣[一]、老ののち昔語りに、「最明寺入道[二]、ある宵の間に呼ばるゝ事ありしに、『やがて』と申しながら、直垂[三]のなくてとかくせしほどに、また使来たりて、『直垂などの候はぬにや。夜なれば異様なりとも疾く』とありしかば、なえたる直垂、うち〳〵のまゝにてまかりたりしに、銚子に土器《かはらけ》とりそへて持て出でて、『この酒を、一人たうべん[四]がさう〴〵しければ、申しつるなり。肴こそなけれ。人は静まりぬらむ。さりぬべき物やあると、いづくまでも求め給へ』とありしかば、紙燭さして、くま〴〵をもとめし程に台所の棚に、小土器に味噌の少しつきたるを見出でて、『これぞ求め得て候ふ』と申ししかば、『事足りなむ』とて、心よく数献に及びて、興に入られ侍りき。その世にはかくこそ侍りしか」と申されき。

一　北条（大仏）宣時。陸奥守・連署などを経た幕府の重臣。暦仁元年（一二三八）生、元亨三年（一三二三）没。二条為氏ほか二条派歌人と親交があり、和歌を好んだ。
二　五代執権北条時頼。安貞元年（一二二七）生、弘長三年（一二六三）没。
三　当時の武士の常服。
四　「給へ」の転音。

謡曲・鉢木

謡曲。四番目物。現在能。作者未詳。五流。前場は、所領を失って落ちぶれた上野国の住人佐野源左衛門常世（シテ）が冬（十二月）の大雪の夜一人の旅僧（ワキ）を泊め、秘蔵の鉢の木の梅桜松を薪に焚いてもてなし、いざ鎌倉という時にはまっ先に馳せ参ずる覚悟のほどを語る。後場は、数年後鎌倉幕府の非常召集に急ぎ馳せ参ずると、いつかの旅僧は最明寺入道時頼で、一泊の礼として本領安堵の上、梅桜松ゆかりの土地を賜る。最明寺入道時頼が姿をやつして諸国をめぐり、庶民の実情を探ったことは、後の水戸黄門漫遊記の先例として、日本人好みの説話である。

前場の末尾。秘蔵の鉢の木を薪とし、旅の僧を時頼とは知らずにもてなしながら、常世は「いざ鎌倉」の覚悟を語る。

シテ　佐野の常世　　ツレ　佐野の妻
　　　　　　　　　　ワキ　旅の僧（時頼）

シテ　あら笑止や、夜の更くるについて次第に寒くなりて候。焚き火をしてあて申したくは候へども、恥づかしながらさやうの物もなく候。や、案じ出だして候。これなる鉢の木を切り、火に焚いてあて申し候ふべし　ワキ　おん志しはさることにて候へども、それは思ひも寄らず候　シテ　それがしもと世にありし時は、鉢の木に好きあまた持ちて候へども、かやうに散々の体と罷り成り、いやいや木好きも無用と存じ、皆人に参らせて候ふさりな

一　埋木の花さく事もなかりしに身のなるはてぞかなしかりける（平家物語巻四）

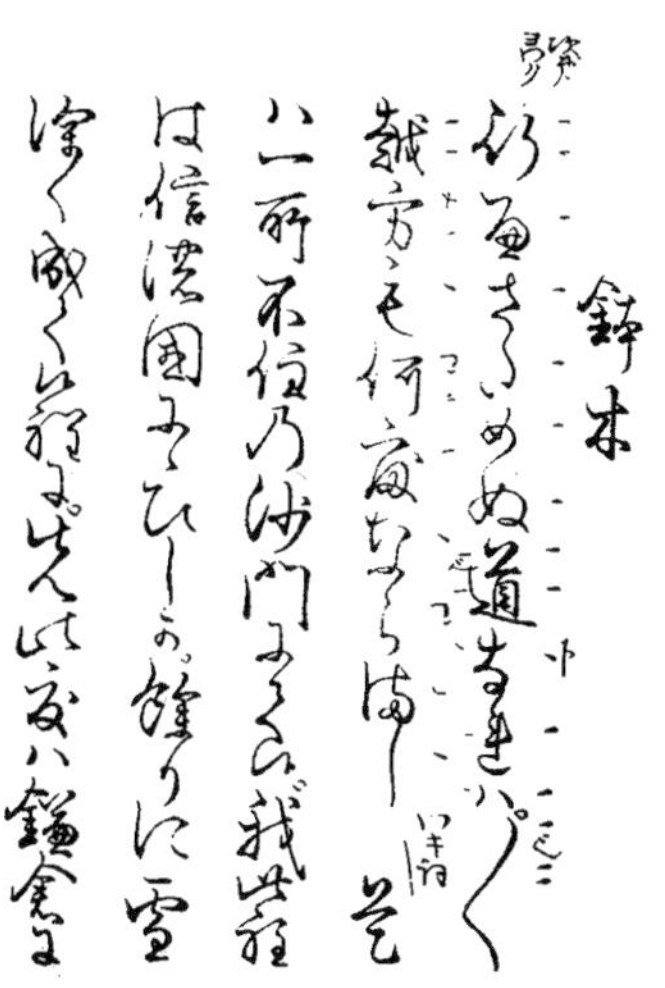

◀宝生流謡本「鉢木」（筑波大学）

がら、いまだ三本持ちて候。あの雪持ちたる木にて候。これは梅桜松にて、それがしが秘蔵にて候へども、今夜のおもてなしに、この木を切り火に焚いてあて申さう　ワキ　以前も申すごとく、おん志しは有難う候へども、自然またおこと世に出で給はん時のおん慰みにて候ふ間、なかなか思ひも寄らぬことにて候　シテ　いや、とてもこの身は埋れ木の、花咲く世に逢はんことは、今この身にては逢ひ難し　ツレ　ただ徒らなる鉢の木を、お僧のために焚くならば　シテ　これぞまことに難行の、法の薪と思しめせ　ツレ　しかもこの程雪降りて　シテ　仙人に仕へし雪山の薪　ツレ　かくこそあらめ　シテ　われも身を　地　捨て人のための鉢の木、切るとてもよしや惜しからじと、雪うち払ひて、見れば面白やいかにせん。まづ冬木より咲き初むる、窓の梅の北面は《ナ》、雪封じて寒きにも、異木よりまづ先立てば、梅を切りや初むべき。見じといふ、人こそ憂けれ山里の、折りかけ垣の梅をだに、情なしと惜しみしに、今さら薪に、なすべしとかねて思ひきや。桜をみれば春ごとに、花すこし遅ければ、この木や侘ぶると、心を尽くし育てしに、今はわれのみ侘びて住む、家桜切りくべて、緋桜にな

すぞ悲しき　シテ　さて松はさしもげに　地　枝を矯め葉を透かして、かかりあれと植ゑ置きし。そのかひ今は嵐吹く、松はもとより常磐にて、薪となるは梅桜、切りくべて今ぞみ垣守り[二]、衛士の焚く火はお為なり。よく寄りてあたり給へや　ワキ　おん志しにより寒さを忘れて候。いかに申し候、主のご名字をばなにと申し候ふぞ承りたく候　シテ　いやそれがしは名もなき者にて候　ワキ　なにと仰せ候ふとも唯人とは見え給はず候。なにの苦しう候ふべきご名字を仰せ候へ　シテ　この上はなにをか包み候ふべき。これこそ佐野の[三]源左衛門常世が成れる果てにて候　ワキ　それはなにとてかやうに散々の体にはおんなり候ふぞ　シテ　一族どもに横領せら

二　み垣守衛士の焚く火の夜は燃え昼は消えつつものをこそ思へ（詞花集恋上）

三　仮作の人名。

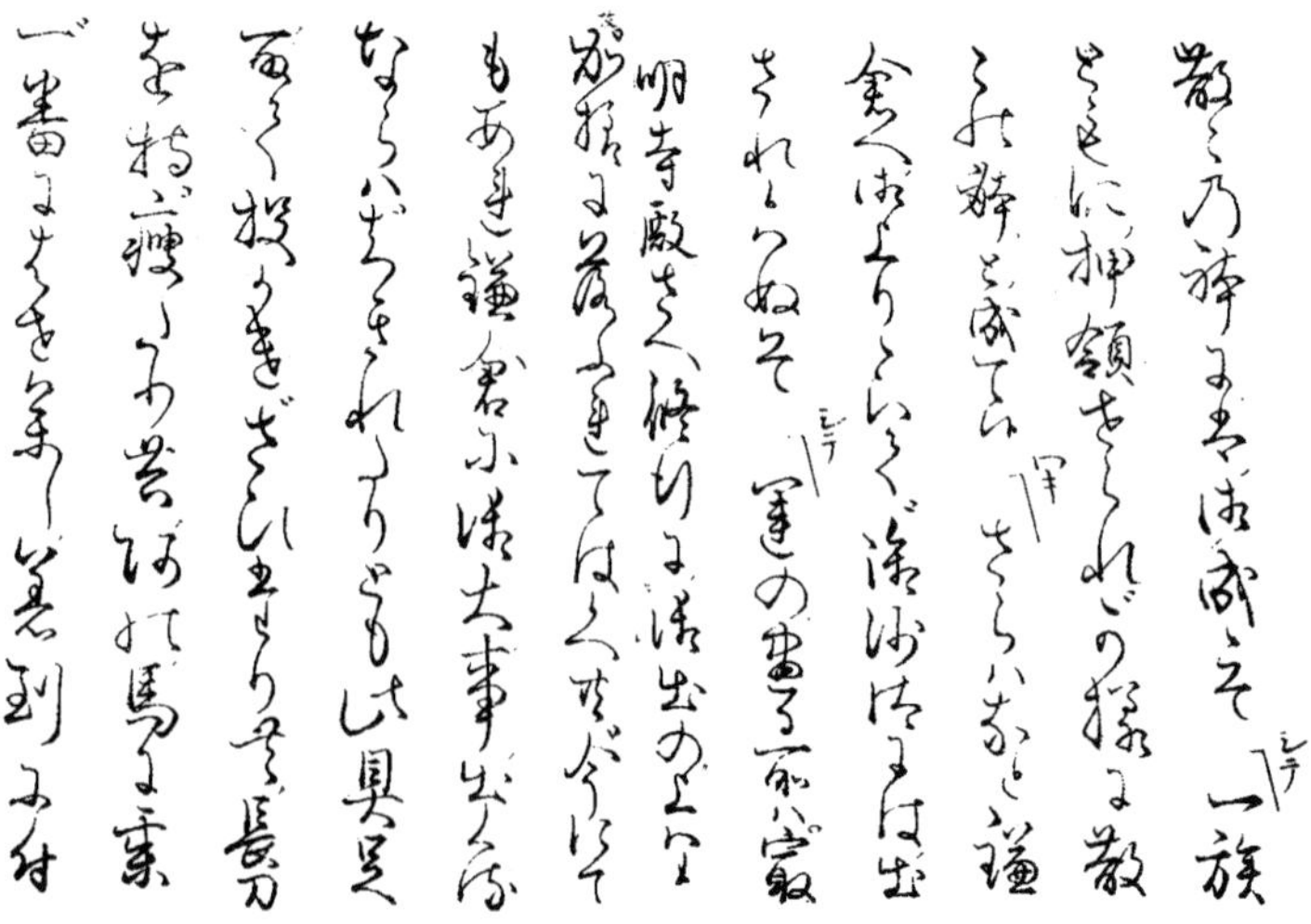

▲宝生流謡本「鉢木」（筑波大学）

れ、かやうに散々の体となりて候　ワキ さらばなど鎌倉へおん上り候ひて、ご沙汰には出だされ候はぬぞ　シテ 運の尽くる所は、最明寺殿[四]さへ修行におん出で《ニ》の上は候。かやうに落ちぶれては候へども、今にてもあれ鎌倉におん大事出で来るならば、千切れたりともこの具足取つて投げ掛け、錆びたりとも薙刀を持ち、痩せたりともあの馬に乗り、一番に馳せ参じ着到[五]に付き、さて合戦始まらば　地 敵大勢ありとても、敵大勢ありとても、一番に破つて入り、思ふ敵と寄り合ひ、打ち合ひて死なんこの身の、このまゝならば徒らに、飢ゑに疲れて死なん命、なんぼう無念のことざうぞ　ワキ よしや身の、かくては果てじただ頼め。われ世の中にあらんほど、またこそ参り候はめ。暇《いとま》申して出づるなり　シテツレ 名残惜しのおんことや。始めは包むわが宿の、さも見苦しく候へど、暫しは留まり給へや　ワキ 留まる名残のまゝならば、さていくたびか雪の日の　ツレ 空さへ寒きこの暮れに　ワキ いづくに宿を狩り衣[六]　シテ けふばかり留まり給へや　ワキ 名残は宿に留まれども、暇申して　シテツレ おん出で《ニ》か　ワキ さらばよ常世　シテツレ またお入り　地 自然鎌倉に、おん上りあらばお尋ねあれ。稀有《きよお》がる法師なり。かひぐ\しくはなけれども、披露の縁になり申さん。ご沙汰捨てさせ給ふなと、言ひ捨てて出で舟の、共に名残や惜しむらん。共に名残や惜しむらん。

四　北条時頼の通称。鎌倉幕府五代執権。

五　到着した将卒の名や人数を記載する帳。着到帳。

六　翁さび人なとがめそ狩衣けふばかりとぞ田鶴も鳴くなる（伊勢物語）

東関紀行

紀行。作者未詳。伝本によって「鴨長明道之記」「親行道之記」などの題が付されるものがあり、古くは鴨長明や源親行が作者と信じられていたが、現在は否定されている。京都東山に隠棲していた作者が仁治三年（一二四二）八月に都を出発し、十余日をかけて鎌倉に下り、十月に帰京の途につくまでのことを記したもので、序・下向記・鎌倉滞在から帰京までの記の三部から成る。構成や鎌倉下向・下向時期などから『海道記』と似ている部分もあるが、『海道記』が漢文脈に近い硬い文章であるのに対し、『東関紀行』はこなれた和漢混淆文で、折々の風景描写は『平家物語』ほか後代の様々な文芸作品に影響を与えている。また、『海道記』は全体に仏教的思想が色濃いが、『東関紀行』にはそれが少ない。

引用部分は、鎌倉入りした作者が和賀江・三浦などを見物した記事に続く。

鎌倉遊覧

抑、鎌倉の初めを申せば、[一]故右大将家と聞こえ給ふは、[二]水尾の帝の九の世の末をたけき人にうけたり。去りにし[三]治承の末にあたりて、義兵を挙げて朝敵をなびかすより、恩賞しきりにくはゝりて、将軍の召しを得たり。営館をこの所に占め、仏神をその砌にあがり奉るよりこのかた、いま繁昌の地となれり。中にも[四]鶴が岡の若宮は、松柏みどりいよ〱繁く、蘋蘩のそなへ欠くる事なし。陪従を定めて四季の御神楽おこたらず、[五]職掌に仰せて八

一 源頼朝。建久十年（一一九九）没。正二位大納言。
二 五十六代清和天皇。清和源氏系図参照。
三 治承四年（一一八〇）八月十七日伊豆で挙兵。
四 鶴岡八幡宮。由比ヶ浜の宮をこの地に移した。
五 職務担当者。この場合、公儀に携わる者。

月の[六]放生会をおこなはる。崇神のいつくしみ、[七]本社にかはらずと聞こゆ。[八]二階堂は殊にすぐれたる寺なり。鳳の甍日にかゝやき、鳧《かも》の鐘霜にひゞき、楼台の荘厳よりはじめて林池の麓に至るまで、ことに心とまりて見ゆ。[九]大御堂と聞こゆるは、石巌のきびしきを切りて、道場のあらたなるを開きしより、禅僧庵をならぶ、月おのづから祇宗《紙窓》の観をとぶらひ、行法坐を重ね、風とこしなへに金磬《きんけい》のひゞきをさそふ。しかのみならず、代々の将軍以下、作り添へられたる松の社・葎の寺、まち／＼に是おほし。

其中にも[一〇]由井の浦といふ所に、[一一]阿弥陀仏の大仏をつくり奉るよし語る人

六 八月十五日、殺生を戒め、捕らえた魚鳥を供養のために放つ法会。
七 京都男山の石清水八幡宮（現京都府八幡市）。
八 永福寺。源頼朝が奥州平泉の二階大堂大長寿院を模して、鎌倉二階堂に造営した。
九 勝長寿院。頼朝が父義朝の供養のために、文治元年（一一八五）雪ノ下に建立した。
一〇 由比ヶ浜。稲村ヶ崎と飯島ヶ崎との間。
一一 現在の鎌倉大仏にあたる。寛元元年（一二四三）六月に落慶供養が営まれた。

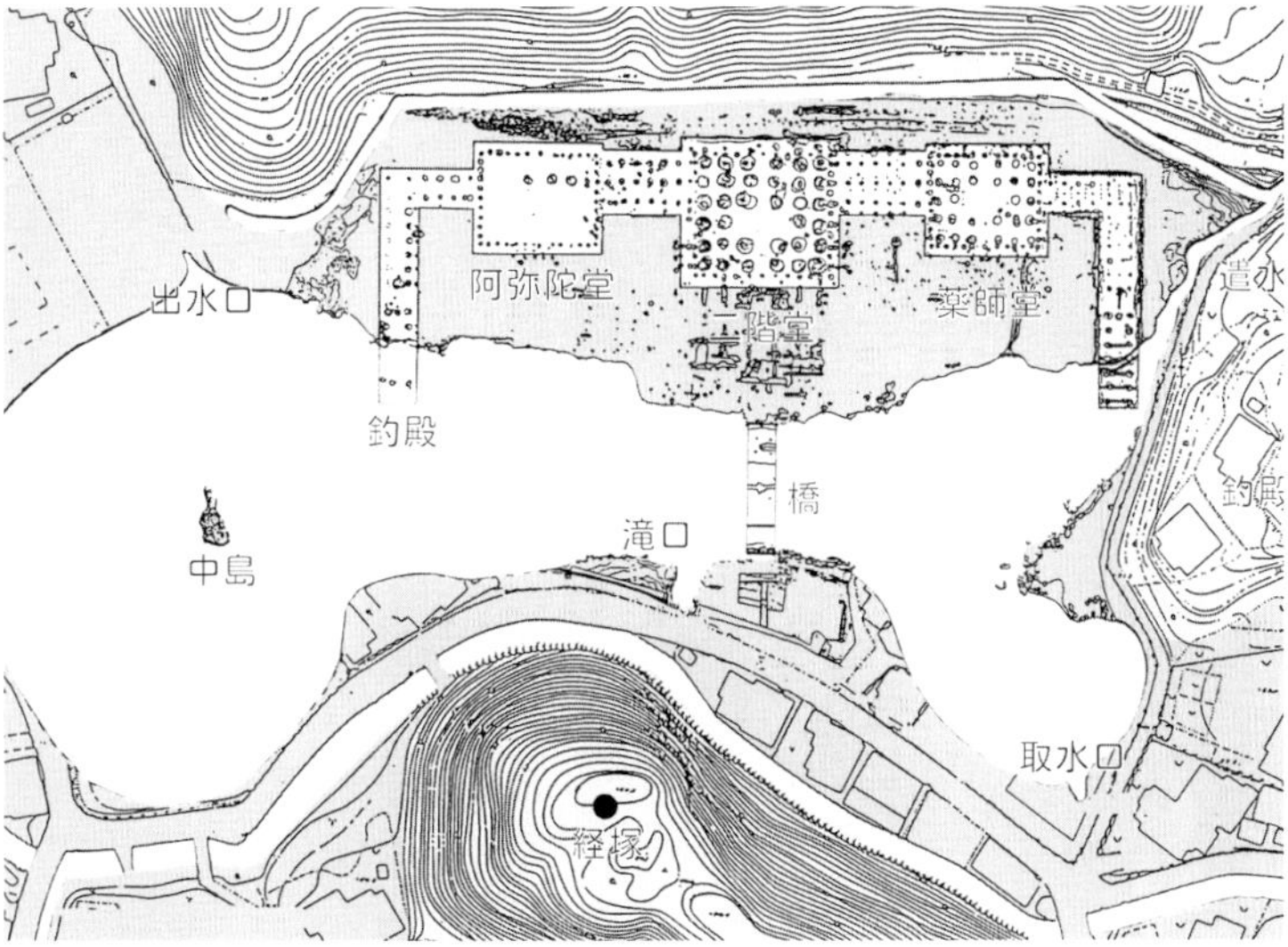

▲永福寺発掘調査図（鎌倉市教育委員会）

あり。やがていざなひて参りたれば、たふとく有難し。事のおこり尋ぬるに、もとは遠江国の人、定光[一二]上人といふ者あり。過ぎにし延応[一三]の比より、関東の高き卑しきを勧めて、仏像をつくり堂舎をたてたり。その功すでに三が二におよぶ。[一四]烏瑟《うしつ》高く顕れて半天の雲に入り、白毫《びやくがう》あらたにみがきて満月の光をかゝやかす。仏は則両三年の功すみやかになり、堂は又十二楼のかまへたちまちに高し。彼《かの》[一五]東大寺の本尊は、[一六]聖武天皇の製作、金銅十丈余の盧舎那仏なり。天竺震旦にもたぐひなき仏像とこそ聞こゆれ。此《この》阿弥陀は八丈のたけなれば、彼大仏のなかばよりすゝめり。金銅木像のかはりめこそあれども、末代にとりては是も不思議と言ひつべし。仏法東漸の砌にあたりて、権現力を加ふるかと有難く覚ゆ。

一二 『吾妻鏡』に「浄光」と記される人物と同じか。
一三 一二三九年二月七日から一二四〇年七月十六日まで。四条天皇代の年号。
一四 仏の三十二相の一つ。以下の部分、語り本系『平家物語』巻五「奈良炎上」に類似の表現が見られる。
一五 奈良東大寺の大仏。天平勝宝四年（七五二）四月開眼供養が営まれた。
一六 四十五代天皇。

鎌倉の記憶

あづまには今日こそ春の立ちにけれ
都はいまだ雪やふるらむ
『瓊玉和歌集』より

宗尊親王と鎌倉歌壇

宗尊親王は仁治三年（一二四二）、後嵯峨院第三皇子として生まれた。母は蔵人木工頭平棟基女棟子。後嵯峨院鍾愛の皇子であったが、母の出自が低いため皇太子にはならず、建長四年（一二五二）幕府から皇統の将軍が要請された際、第六代征夷大将軍として鎌倉に下り、以後十五年間その地位にあった。文応元年（一二六〇）十二月には、真観が鎌倉に入り、宗尊の歌道師範となったが、宗尊の和歌愛好は建長五年五月五日の和歌会を記録上の初見とし、少年時代より和歌を詠んだことが知られる。文永三年（一二六六）七月、幕府への謀反の嫌疑により将軍を廃されて帰洛し、以後失意の日々を送り、文永九年父後嵯峨院の崩御を機に出家、宗尊自身も文永十一年七月に没した。文応元年十月以前の『三百首和歌』や、将軍時代の詠作を収める『瓊玉和歌集』『柳葉和歌集』、将軍時代から文永四年までの詠作『中書王御詠』、最晩年の成立『竹風和歌抄』の四家集がある。勅撰集には『続古今集』以下に一九〇首入集。

初の皇族将軍として宗尊が鎌倉に入って以来、その周辺では和歌愛好が一層顕著になった。源頼朝・実朝父子とその周辺や宇都宮一族など和歌愛好の傾向はそれまでにもあったが、歌壇というような文芸活動は宗尊将軍時代に最高潮を迎える。『続古今集』の入集歌数一位に宗尊がなったのは、撰者に加えられた真観の力もあったであろうが、宗尊以外にも多数の鎌倉の歌人の歌が採られその活況が窺える。鎌倉初の私撰集『東撰和歌六帖』が編まれたのもこの時代である。

おほともの[一]御津の浜松霞むなりはや日の本に春や来ぬらむ　（文応三百首[二]・春・一）

春立つ日よませ給ひける

あづまには今日こそ春の立ちにけれ都はいまだ雪やふるらむ　（瓊玉集[三]・春・三）

一　「おほとも」は大阪から堺にかけての称。「御津」は難波の津、現在の大阪港。
二　『宗尊親王三百首』『東関竹園三百首』などとも。巻末の源資平の書状から、文応元年（一二六〇）十月六日以前の成立。
〇いざ子どもはや日の本へ大

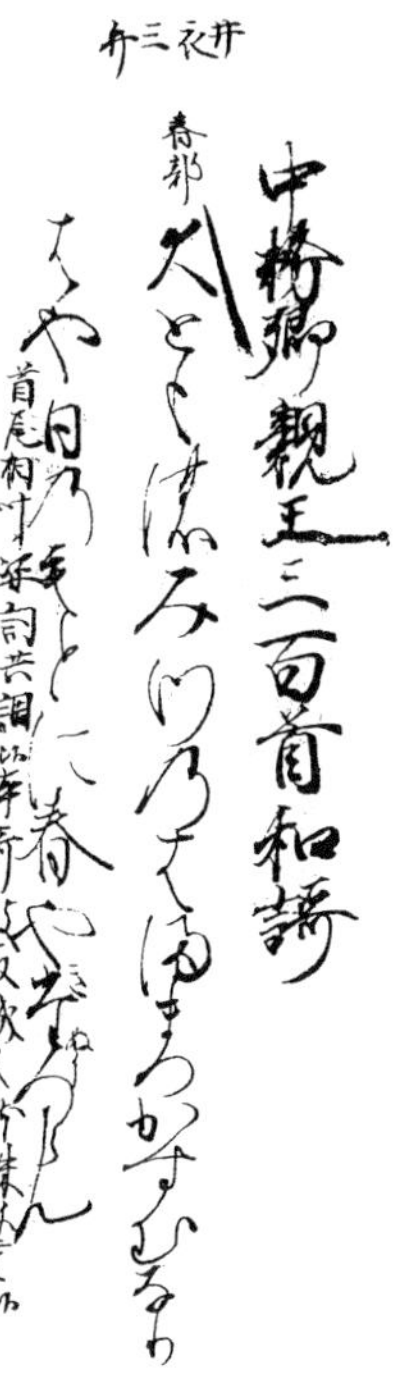

▲『文応三百首』（筑波大学）巻頭

崎初秋といふことを

都にははや吹きぬらし鎌倉のみこし[四]が崎の秋のはつ風

（瓊玉集・秋上・一四四）

弘長二年[五]冬奉らせ給ひし百首に、同じ心（歳暮）を

あづまにて暮れぬる歳をしるせれば五[六]のふたつ過ぎにけるかな

（瓊玉集・冬・三一九）

去年冬、時頼[七]入道身まかりて、今年の秋、長時[八]
おなじさまに成りにしことをおぼしめして

冬の霜秋の露とて見し人のはかなく消ゆる跡ぞかなしき

（瓊玉集・雑下・四九九）

伴の御津の浜松待恋ひぬらむ（万葉集巻一）

三　文永元年（一二六四）十二月真観撰の宗尊家集。五〇九首（誤伝歌一首、巻末の真観詠一首を含む）。

四　相模国、現鎌倉市南部。稲村ヶ崎の古名。

五　一二六二年。

六　十年。宗尊が将軍として鎌倉に入り十一回目の大晦日を迎えようとしている時期になる。

七　弘長三年（一二六三）十一月二十二日没。三十七歳。

八　文永元年（一二六四）八月二十一日没。三十五歳。

九　後藤基政。文永四年（一二六七）没、五十四歳。基綱男、壱岐守、引付衆。『吾妻鏡』弘長元年七月二十二日、宗尊親王に関東ゆかりの近古の撰を命じられる。これが『東撰和歌六帖』と推測される。

一〇　弘長元年七月以降文永二年以前成立か。関東ゆかりの歌人の作を集めた私撰集。春一巻の伝本と巻一から巻四途中までの抄出伝本とがあるが、完本は現存しない。

〇わがせこがうす紫のころも手に野べのすみれの色ぞまがへる（新撰和歌六帖）

菫菜

藤原基政[九]

わがせこがしめ野の原のつぼすみれあなかま人につませずもがな

（東撰和歌六帖・春・二六九）[一〇]

夏

沙弥真観[一一]

滝にこそ水まさるらし山科の音羽の里の五月雨の比

（弘長元年七月七日将軍宗尊親王家百五十番歌合・九二）[一二]

冬

中務卿親王家小督[一三]

煙だにたえて程ふる山里にをのれ柴おる嶺の白雪

（弘長元年七月七日将軍宗尊親王家百五十番歌合・二〇九）

中務卿親王家百首歌[一四]

平政村朝臣[一五]

吹けばこそ荻のうは葉もかなしけれ思へばつらし秋の初風

（続古今集・秋上・二九九）[一六]

一一　俗名葉室（藤原）光俊。建治二年（一二七六）没、七十四歳か。藤原定家に歌を学んだが、定家没後は、その子息為家と反目し、反御子左派の中心者となった。文応元年（一二六〇）十二月鎌倉に下向し、宗尊の和歌師範として仕えた。『続古今集』撰者の一人。

一二　将軍宗尊親王の下で開かれた、春夏秋冬恋各二首を三十人が出詠、百五十番の歌合。京都の九条基家に送られ、判詞が付された。

一三　伝未詳。勅撰集には『続古今集』以下、六首入集。

一四　何時の歌会であるかは未詳。『続古今集』にはこの詞書の歌が散見される。

一五　北条政村。通称陸奥四郎。文永十年（一二七三）没、六十九歳。北条義時四男、評定衆連署、相模守などを歴任した幕府の要人。摂家将軍時代から和歌を好み、鎌倉歌壇の中心的人物として、常盤の邸でしばしば歌会を催した。勅撰集には『新勅撰集』以下、四〇首入集。

一六　十一代勅撰集。文永二年末撰定終了、翌年三月竟宴。撰者ははじめ藤原為家一名で

中務卿親王家百首歌に、恋を

前左兵衛督教定[一七]

いかにせむ思ひそめつる涙よりやがてちしほの色に出でなば

（続古今集・恋一・一〇二〇）

月の歌の中に

中務卿親王家新右衛門督[一八]

なにごとに心をとめて有明の月もうきよの空にすむらむ

（続古今集・雑中・一六八二）

中務卿親王[一九]、都へのぼり給ひて後、よみける

僧正公朝[二〇]

いまはただ月と花とにねをぞなく哀れ知れりし人を恋ひつつ

（拾遺風体集[二一]・離別・二三七）

中務卿宗尊親王[二二]かくれ侍りにけるを聞きて

よみ侍りける

前参議雅有[二三]

つかへつつなれし昔のままならば今宵や世をばそむきはてまし

（玉葉集[二四]・雑四・二四二九）

あったが、後に藤原基家・家良・行家・光俊が加えられた。

一七　二条（飛鳥井）教定。文永三年没。二条雅経と大江広元女との子。将軍頼経に近侍し、宗尊親王東下以後、いっそう重用された。宗尊の詠作を京都の藤原為家に届ける仲介をするなど、家業の和歌・蹴鞠などの供奉が多い。勅撰集には『続後撰集』以下、三九首入集。

一八　伝未詳。

○くれなゐにちしほそめたる色よりもふかきは恋の涙なりけり（慈円・拾玉集）

一九　文永三年（一二六六）七月二十日、鎌倉を出立。

二〇　北条（名越）朝時男。『続古今集』以下、二九首入集。

二一　冷泉為相撰か。十四世紀初めの成立。為相と関係の深い歌人の作が多い。

二二　文永十一年（一二七四）没、三十三歳。

二三　飛鳥井雅有。80頁参照。

二四　第十四代勅撰集。京極為兼撰。正和元年（一三一二）成立。伏見天皇による永仁元年（一二九三）の勅撰集の企画が中絶した後、再び伏見院の院宣によって成立した集。

一 六代将軍宗尊親王。
二 佐々木政義。隠岐守、左衛門尉。出家後は心願と号した。正応三年（一二九〇）没、九十歳。
三 藤原冬方。後醍醐天皇近臣。嘉暦元年（一三二六）権中納言、同四年出家。

鎌倉中書王にて　（百七十七段）

鎌倉中書王[一]にて、御鞠ありけるに、雨ふりて後、いまだ庭のかわかざりければ、いかゞせむと沙汰ありけるに、佐々木隠岐入道[二]、鋸のくづを車につみて、多く奉りたりければ、一庭に敷かれて、泥土のわづらひなかりけり。「取りためけむ用意ありがたし」と、人感じあへりけり。

この事を或者の語り出でたりしに、吉田中納言[三]の、「乾き砂子の用意やはなかりける」とのたまひたりしかば、恥づかしかりき。いみじと思ひける鋸のくづ、賤しく、異様の事なり。庭の儀を奉行する人、乾き砂子を設くるは、故実なりとぞ。

○鎌倉での古典享受

政治的な安定・都からの文化の流入などによって、鎌倉の文化は次第に成熟していったが、鎌倉時代既に古典となっていた作品の本文作成などが鎌倉でも行われた。

一つには、天台宗の僧仙覚による『万葉集』研究が挙げられる。仙覚の伝記は未詳な点が多いが、常陸（一説には武蔵国比企郡）に二代将軍源頼家と比企能員息女若狭局との間に生まれたとされる。仙覚は若い頃より『万葉集』に心ひかれ、鎌倉比企谷新釈迦堂に移り、それまで訓点の付いていなかった歌一五二首に対して、寛元四年（一二四六）七月に新たに訓点を付した。四代将軍藤原頼経の依頼により、実朝所持や源親行所持の『万葉集』などをもとに、校訂作業に努め、寛元本『万葉集』を完成させる。仙覚の『万葉集』校訂作業はその後も続き、文永二年（一二六五）、六代将軍宗尊親王に献上、文永三年にも校訂本を作っている。現在完本として伝わる西本願寺本『万葉集』は、文永三年本の系統の写本である。仙覚はその後、注釈作業に携わり、文永六年『万葉集註釈』を完成させた。

今一つは、源光行・親行父子による『源氏物語』本文の作成である。光行は武士の出身として最初平氏についていたが、後に鎌倉幕府に仕えた。和歌・漢学に優れ、実朝に様々な歌書を献上した。承久の乱では院側につき、幕府から処刑されるところを助命され、再び幕府に有職家として仕えた。光行はそれまで本文に乱れのあった『源氏物語』の本文を、様々な写本を比較検討して校訂を加えたが、完成前に没し、その作業は子息の親行に引き継がれた。この『源氏物語』は親子の職名から河内本『源氏物語』と呼ばれ、近世に入り、藤原定家校訂の系統青表紙本『源氏物語』が評価されるまで、広く読まれた校訂本である。親行は『古今集』『新古今集』などの校訂や諸注釈書の執筆も行っている。また『吾妻鏡』建長六年（一二五八）十二月十八日の条には、

御所ニ於イテ光源氏ノ物語ノ事、御談義アリ。河内守親行之ニ候。

とあり、宗尊親王の御前で『源氏物語』の講義が開かれたことを伝えている。また、宗尊親王のもとで源氏物語の絵巻が作成されたこともあったようである（源氏物語仮名陳状）。

春のみやまぢ

日記紀行。飛鳥井雅有作。弘安三年（一二八〇）一年間の日記で、その題号が象徴するように、「春の宮（東宮、後の伏見天皇）」に仕える記事を中心とし、蹴鞠・和歌関係の記事が多く見られる。建治元年（一二七五）の鎌倉下向後、再び都に戻り、そこでの生活が四年目に入った雅有は東宮・内裏・仙洞と宮廷社会での充実した日々を記すが、同年冬、再び鎌倉に戻らなければならなくなり、下向から鎌倉到着後の様子を記して日記を終える。

飛鳥井雅有は仁治元年（一二四〇）生まれ、祖父雅経（49頁「実朝と長明」参照）、父教定（74頁「宗尊親王と鎌倉歌壇」参照）と三代にわたって、家業である和歌・蹴鞠などによって鎌倉幕府に仕えた家系であり、祖母も鎌倉幕府初期の体制を作った大江広元女、妻は北条実時女と鎌倉に縁が深い。また、鎌倉と都を幾度も往復し、朝廷と幕府の双方に仕えた。

箱根での追憶

廿五日[一]、夜深き月に箱根山にかゝりぬ。日出づる程に高峰にて見回せば、異山[二]にはいまだ日の光も見えず、空もいまだ匂はぬ程に、富士の腰より上ばかりに降りたるは、はや雲居に高き程とぞ知らるゝ。日、異山の高根を出づる時ぞ、裾の杣たつ程、柴山の麓などに影は見ゆる。又、雲の異山の頂きより立ち渡りたるも、富士の腰より下ざまにぞ添ひ来たるや。いかに高き山といふも、これらにて思へば、富士の裾の平々と見ゆる、柴の程にぞ

一　弘安三年（一二八〇）十一月。
二　富士山以外の山。
三　京都の北東部、滋賀県との県境にある山。天台宗総本山延暦寺がある。標高八四八m。「その山は、ここにたとへば、比叡の山を二十ばかり重

等しかるらむと見えたり。「比叡[三]の山廿ばかりかさねたらむやうなり」と、業平[四]の書きたるはあまりにやあるらむ、又さもやあるらむ、知りがたし。昨日今日よく〳〵見侍るに、比叡の山三つ四つばかりはあるらむかし。箱根は雪いまだ降らず、霜ぞ降り氷りて、道は殊に滑りて、危きこと限りなし。辛うじて葦川[五]といふ山の中、湖[六]のはたに立ち入りぬ。高き山の頂きに広さ三十町なり。西の方なる湖にて、雨降れども水増さらず、日照れども水乾ず。不思議なり。又この山には地獄[七]とかやもありて、死人常に行き会ひて、故郷へ言伝てなどする由、あまた記せり[八]。いかなることにかと不思議なり。芦の湖の湯とて温泉もあり。いかさまにも不思議多し。箱根[九]の権現とて、昔役[一〇]の優婆塞の行ひ出で給へるとて、伊[一一]豆・箱根二所とて、熊野[一二]のやうにあらたなる御神になむおはします。以往《そのかみ》、中[一三]堂の御供に参りたりしことなど思ひ続けられて、この湖をば御舟にてこそ棹指して渡りしかなど思ひ出づれば哀れなり。「日暮れにたり。行く末は道なほ遥けし」といひて、あはたゝしく出でぬ。酒匂[一四]の宿に暮るゝ程に着きたれば、例の、君・海女ども、又若き遊女ども具して、強ひのゝしる。くたびれぬれば、臥しぬ。

廿六日、疾く立たむとすれば、この者ども来て、なほ強ひ居たり。日闌《た》けて出でぬ。暮るゝ程に永福寺[一五]の僧房に着きぬ。年来、住[一六]み慣れし故郷は焼けて、かゝる所に来ぬれば、あらぬ世の心地して、いとゞ都のみ恋しきこと、いはむ限りなし。

ねあげたらむほどして、なりは塩尻のやうになむありける」（伊勢物語・九段）

四 在原業平。六歌仙の一人。

五 現神奈川県下足柄郡箱根町元箱根の辺り。

六 芦ノ湖。

七 永仁年間（一二九三～九九）に作られた地蔵菩薩があるなど、当時から地獄信仰があったようである。元箱根から精進湖の辺り。

八 典拠未詳。

九 箱根神社。現在の元箱根にある。

一〇 役の行者とも。

一一 伊豆山神社。伊豆山権現と箱根権現とを二所として代々の将軍が参詣するなど、尊崇された。

一二 熊野三社。

一三 箱根山根本中堂。長寛二年（一一六四）建立。文末の「思ひ出づれば哀れなり」からすると、雅有が幼い頃より仕えた将軍宗尊親王との思い出であろう。

一四 現小田原市酒匂。

一五 現鎌倉市二階堂にあった寺院。

一六 十一月十二日の記事に、鎌倉の邸宅が焼けたという知らせが届いた事がある。

十六夜日記

日記紀行。阿仏尼作。建治元年（一二七五）藤原為家が没し、異母兄弟で遺産相続の争いが起きる中、播磨国細川庄の領有問題をめぐって我が子為相らを都に残し、鎌倉に下った折の記事。序、弘安二年（一二七九）十月十六日出発からの鎌倉下向記事と翌年秋までの鎌倉滞在の記事の二部から成り、伝本によっては、それに鶴岡八幡宮への勝訴祈願の長歌を巻末に付すものがある。先妻の子である為氏の不孝に憤りながら、子を思う親の心情や歌の家を守るという意識が認められる一方、道の記は概念的で実感に乏しい部分もある。ただし、道中の記事は歌枕詠作のための手本を意図してのものとも考えられる。

阿仏は鎌倉時代の歌人。実父母は未詳で、早くに平度繁の養女となり、安嘉門院（後高倉院皇女）に女房として仕えた。建長五年（一二五三）頃、藤原為家と恋をして、弘長三年（一二六三）に為相を、二年後に為守を生む。飛鳥井雅有の文永六年（一二六九）の日記『嵯峨の通ひ』では、嵯峨の為家山荘で、雅有に『源氏物語』講読を行う阿仏が描かれる。若い頃の失恋体験を描く日記『うたたね』、歌論書『夜の鶴』があるほか、『弘安百首』の作者にも数えられ、勅撰入集歌は四十八首にのぼる。

引用部分は鎌倉到着直後の住まいの様子と、都の人々との贈答を繰り返しながら翌年の夏を迎えた部分である。

都の人へ

東《あづま》にて住む所は、一月影の谷《やつ》とぞ言ふなる。浦近き山もとにて、風いと荒し。二山寺の傍らなれば、のどかにすごくて波の音松風絶えず。

都の音信《おとづれ》は、いつしかおぼつかなき程にしも、三宇津の山にて行きあひたりし山伏の便り

一　現鎌倉市極楽寺の辺り。
二　極楽寺、正元元年（一二五九）忍性開基。
三　現静岡県宇津の谷と志太郡との境の山。十月二十五日の記事に、同行していた子息

にことづけ申したりし人[四]の御許《もと》より、確かなる便宜《びんぎ》につけて、有りし御返事と思しくて

[五]旅衣涙を添へて宇津の山時雨《しぐ》れぬひまもさぞ時雨るらむ

[六]ゆくりなくあくがれ出でし十六夜《いざよひ》の月や後れぬかたみなるべき

都を出でし事は神無月十六日なりしかば、いざよふ月を思し召し忘れざりけるにやと、いとやさしくあはれにて、たゞこの返事《かえりこと》ばかりをぞ又聞こゆる。

めぐりあふ末をぞ頼むゆくりなく空にうかれし十六夜の月

の知己である山伏と行き会い、都への手紙を託した。
四 阿仏の一人娘。父は未詳、後深草院皇女の生母。
五 蔦楓しぐれぬひまも宇津の山涙にそでの色ぞこがるる（十月二十五日の歌）への返歌
六 返歌とは別に、母の旅を思いやった歌。阿仏が都を出発したのが十月十六日。
○忘るなよほどは雲居になりぬとも空ゆく月のめぐりあふまで（拾遺集雑上）

息子為相との音信

夏[一]の程は、あやしきまで音信《おとづれ》も絶えて、おぼつかなさも一方《ひとかた》ならず。都の方は、志賀[二]の浦波立ち、山[三]・三井寺の騒ぎなど聞こゆるも、いとゞおぼつかなし。からうして八月二日ぞ、使《つかひ》待ち得、日比より置きたりける人々の文ども取り集めて見つる。

[四]侍従為相《ためすけ》の君の許《もと》より、五十首の歌を詠みたりけるとて、清書《きよがき》もし敢《あ》へず下されたる、歌もいとをかしく成りにけり。五十首に十八首に点合ひぬるも、あやしく、心の闇の僻目[五]こそあるらめ。其の中に

一 弘安三年（一二八〇）夏。
二 琵琶湖。「波立つ」で不吉なことを象徴させる。
三 延暦寺と園城寺（通称三井寺）。度々抗争を繰り返したが、この年六月には延暦寺の衆徒が園城寺を攻めて、北院などを焼いた。
四 冷泉為相。十八歳。文永八年（一二七一）任侍従。
五 人の親の心は闇にあらねども子を思ふ道にまどひぬるかな（後撰集雑一）

心のみ隔てずとても旅衣山路重なる遠《をち》の白雲

とある歌を見るに、旅の空を思ひおこせて詠まれたるにこそ。いと心をやりて哀れなれば、其の歌の傍らに、文字小さく返事《かえりこと》をぞ書き添へて遣《や》る。

恋偲ぶ心やたぐふ朝夕に行きては帰る遠の白雲

又、同じ旅の題にて

六かりそめの草の枕の夜な〱を思ひやるにも袖ぞ露けき

とある所にも、又返事をぞ書き添へたる。

秋深き草の枕にわれぞ泣くふり七捨てて来し鈴虫の音を

六 「かりそめ」に「刈り」をかけ、「草」「露」との縁語。

七 「振り」は「鈴」の縁語。

▲冷泉為相墓（浄光明寺）

とはずがたり

日記文学。五巻。作者は源（久我）雅忠女、二条。品高い久我家の出でありながら、後深草院の後宮に出仕し、院を始め「雪の曙」「有明の月」などの様々な男性との愛欲体験を記すと同時に、当時の宮廷生活を活写する。後深草院の寵が衰えた後は、幼い頃よりの念願であった出家を果たし、諸国を遍歴する。再び都に戻った二条は、後深草院崩御などに遭い、法皇三回忌までを記す。王朝物語文芸の影響を受け、自己の体験を題材とした虚構化も行いながら、「我」を探求していく。最終記事の嘉元四年（一三〇六）をそう下らない時期の成立か。

歴史物語『増鏡』の幾つかの巻に多量の引用が見られ、典拠資料となったことは明らかであるが、作品そのものは流布せず、現存伝本は宮内庁書陵部御所本の一本のみである。

鎌倉到着　（巻四）

明くれば鎌倉へ入るに、一極楽寺といふ寺へ参りて見れば、僧の振舞都に違はず。なつかしくおぼえて見つゝ、二化粧坂といふ山を越えて鎌倉の方を見れば、東山にて京を見るには引き違へて、階《きざはし》などのやうに重々に、袋の中に物を入れたるやうに住まひたる、あなものわびしと、やうく見えて、心留まりぬべき心地もせず。三由比の浜といふ所へ出でて見れば、大きなる四鳥居あり。若宮の御社、遥かに見え給へ

一　鎌倉市極楽寺町。開山忍性、開基北条重時。
二　鎌倉七口の一つ。西北の佐助・梶原方面から扇ガ谷に入る路。
三　鎌倉市南の海岸。
四　鶴岡八幡宮一の鳥居。通称大鳥居。

ば、「他[五]の氏よりは」とかや誓ひ給ふなるに、契りありてこそさるべき家にと生まれけめに、いかなる報いならむと思ふほどに、まことや父の生所を祈誓申したりし折、「今生の果報に代ゆる」と承りしかば、恨み申すにてはなけれども、袖を広げむをも嘆くべからず。また、小[六]野小町も衣通姫が流れといへども、[七]簀《あじか》を肘にかけ、蓑を腰に巻きても身の果てはありしかども、我ばかりもの思ふとや書き置きしなど思ひ続けても、まづ御社へ参りぬ。所のさまは、男[八]山の景色よりも、海見はるかしたるは、見所ありとも言ひぬべし。大名ども、浄衣などにはあらで、色々の直垂にて参る、出づるも、やう変はりたる。

五　八幡宮は源氏の氏神。二条も村上源氏である。

六　「小野小町は、いにしへの衣通姫の流れなり（古今集仮名序）」による。

七　『玉造小町壮衰書』に類似の表現がある。

八　山城国綴喜郡男山（現八幡町）。山頂に石清水八幡宮がある。

▲一の鳥居から鶴岡八幡宮を臨む

▲浜の大鳥居跡

将軍惟康親王廃任　（巻四）

また、鎌倉[一]の新八幡の放生会《はうじやうゑ》といふ事あれば、事の有様もゆかしくて立ち出でて見れば、将軍[二]御出仕の有様、所につけてはこれもゆゝしげなり。大名ども皆狩衣にて出仕したる、直垂着たる帯刀《たちはき》とやらむなど、思ひ〳〵の姿ども珍しきに、赤橋[三]といふ所より、将軍、車より下りさせおはします折、公卿・殿上人少々御供したる有様ぞ、あまりにいやしげにも物わびしげにも侍りし。平左衛門入道[四]と申す者が嫡子[五]、平二郎左衛門[六]が、将軍の侍所の所司とて参りし有様などは、物にくらべば、関白などの御振舞と見えき。ゆゝしかりし事なり。流鏑馬《やぶさめ》いし〳〵の祭事の作法有様は、見ても何かはせむとおぼえしかば、帰り侍りにき。

さるほどに、幾ほどの日数も隔たらぬに、「鎌倉に事出で来べし」とさゝやく。「誰が上ならむ」と言ふほどに、「将軍[七]、都へ上り給ふべし」と言ふほどこそあれ、「ただ今御所を出で給ふ」と言ふを見れば、いとあやしげなる張輿を対の屋のつまへ寄す。丹後[八]の二郎判官といひしやらむ、奉行して渡し奉る所へ、相模守[九]の使とて、平二郎左衛門出で来たり。その後、先例なりとて、「御輿[一〇]さかさまに寄すべし」と言ふ。また、こゝには、いまだ御輿にだに召さぬ先に、寝殿には、小舎人といふ者の卑しげなるが、藁沓《わらうづ》履きながら上へ昇

一　八月十五日の記事。放生会は、殺生を戒め、捕らえた魚鳥を供養のために放つ法会。京都男山の石清水八幡宮で行われ、鎌倉鶴岡八幡宮でも行われた。

二　七代将軍惟康親王。宗尊親王息。文永三年（一二六六）から正応二年（一二八九）まで在任。

三　鶴岡八幡宮正面、放生池にかけられた朱の反り橋。

四　平頼綱入道杲円。北条得宗家の家司で、絶大な権力を握ったが、永仁元年（一二九三）誅せられた。

五　平宗綱。ただし、次の平二郎左衛門と見る説もある。

六　飯沼判官資宗。

七　正応二年九月十四日上洛。

八　二階堂左衛門尉行貞。丹後守行宗男。

九　執権北条貞時。時宗男。弘安七年（一二八四）執権、同八年相模守。

一〇　進行方向とは逆向きにしたまま進む。罪人を護送する時の方法。

りて、御簾引き落としなどするも、いと目も当てられず。

さるほどに、御輿出でさせ給ひぬれば、面々に女房たちは輿などいふ事もなく、物をうちかづくまでもなく、「御所はいづくへ入らせおはしましぬるぞ」など言ひて、泣く〳〵出づるもあり。大名など、心寄せあると見ゆるは、若党など具せさせて、暮れゆくほどに送り奉るにやと見ゆるもあり。思ひ〳〵心々に別れゆく有様は言はむ方なし。佐介谷[一一]といふ所へまづおはしまして、五日ばかりにて京へ御上りなれば、御出での有様も見まゐらせたくて、その御あたり近き所に、推手[一二]の聖天と申す霊仏おはしますへ参りて、聞きまゐらすれば、「御立ち、丑の刻と時を取られたる」とて、すでに立たせおはします折節、宵より降る雨、ことさらそのほどとなりてはおびたゝしく、風吹き添へて、物など渡るにやとおぼゆるさまなるに、「時違へじ」とて出だしまゐらするに、御輿を筵といふ物にて包みたり。あさましく目も当てられぬ御やうなり。御輿寄せて、召しぬとおぼゆれども、何かとて、また庭に舁《か》き据ゑまゐらせて、ほど経れば、御鼻かみ給ふ。いと忍びたるものから、たび〳〵聞こゆるにぞ、御袖の涙も推し量られ侍りし。

一一　鎌倉西北の谷。現在は「佐助」と書く。

一二　所在地未詳。鎌倉時代末期には犬懸ヶ谷（鎌倉東部）に「推手聖天」という社があったようであるが、地理的には上洛の路とは合わない。

久明親王と鎌倉歌壇

第六代将軍宗尊親王の廃任後、将軍に就いた宗尊男惟康親王は和歌をあまり好まなかったが、それに続く第八代将軍久明親王は鎌倉の地に再び和歌の隆盛をもたらした。

久明親王は、後深草天皇第六皇子として建治二年（一二七六）生。正応二年（一二八九）八代将軍として鎌倉に下り、徳治三年（一三〇八）までその職にあった。宗尊親王時代からの鎌倉の歌人の他に、都から歌道家の二条為世・冷泉為相などが下ったこともあり、久明親王の周辺で和歌への熱が再燃する。妾の為相女（式部卿親王家藤大納言か）、その子久良親王も勅撰集作者に数えられる。和歌所を鎌倉に設置したらしく（『柳風和歌抄』）、千首和歌会など歌会を度々開いている。勅撰集には『新後撰集』以下、二二首入集。

初雪の心をよみ侍りける　　式部卿親王[一]

さえくれし雲のゆくへやいかにとてあくるまどより雪ぞ降り入る　（柳風抄[二]・冬・一一三）

貞時[三]朝臣の母の家の障子の歌に、菖蒲　　式部卿親王家藤大納言[四]

なさけある今日のあやめにひかれてぞわが言の葉も人に知らるる　（柳風抄・夏・五一）

一　八代将軍久明親王。

二　冷泉為相撰か。延慶三年（一三一〇）三月から九月の成立。幕府あるいはそれに関係した人物の歌のみを集めた集。

三　北条貞時。九代執権、四位相模守。最勝円寺入道覚賢。鎌倉歌壇の中心者の一人であり、都から訪れる歌人を庇護した。勅撰集には『新後撰集』以下に二五首入集。

四　冷泉為相女か。

○ひく人のなさけも深き江におふるあやめぞ袖にかけてかひある（建礼門院右京大夫集）

題不知　　平貞時朝臣

水上や花の木かげをながれけむ桜をさそふ春の川なみ　（新後撰集・雑上・一二五六）

題しらず　　[五]平宣時

花になど別れそめけむ人やりの道とはきかぬ春の雁金　（[六]拾遺風体集・春・二二）

東に下りける比、[七]僧正公朝百首題をさぐりて
よみけるに、寄舟述懐を題にてよみ侍りける　　[八]為世卿

此たびは我もうかれて海士小舟かぜのたよりを待つぞくるしき　（拾遺風体集・雑・四二三）

[九]嘉元元年式部卿親王家[一〇]続千首、山家鶏　　参議[一一]為相卿

住む人の宿まどほなる山路とてゆふつけ鳥も声ぞすくなき　（[一二]夫木抄・雑十二・一四四八八）

○水上に花や散るらむやまがはのゐくひにいとどかかる白波（金葉集春）

五　北条（大仏）宣時。68頁参照。

六　冷泉為相撰か。延慶元年（一三〇八）五月以前撰。中古歌人から当代歌人まで広く集めた私撰集であるが、冷泉為相周辺の歌が多く、二条派の歌が少ない。

○人やりの道ならなくにおほかたはいきうしといひていざ帰りなむ（古今集離別）

七　81頁参照。

八　二条為世。為家孫、為氏男。

○みなと出づるあまのを舟いかりなは苦しきものと恋を知りぬる（古今集恋一）

九　一三〇三年。

一〇　鎌倉中期以降盛んになった歌会の形式で、次々と題を配って順次詠んでいく。

一一　冷泉為相。為家男、母は阿仏。

一二　勝間田（藤原）長清撰。冷泉為相に歌を学んだ長清が、一万七千首を越える歌を集めた私撰集。延慶三年（一三一〇）頃、未精撰のまま成立したか。現存しない資料が多数見られるなど資料的価値が高い。

▶称名寺境内、青葉の楓

○称名寺と為相―謡曲『六浦』の典拠

能『六浦』は、現行五流にある三番目物（鬘物）の作品で、舞台は晩秋九月の相模国称名寺となっている。都の僧（ワキ）が東国行脚の途次、六浦の称名寺に立ち寄った。折しも晩秋で、辺りの山一帯は紅葉している。しかし、一本の楓だけが紅葉せず、緑を保っている。不審に思う僧の所へ、どこからともなく一人の女（前シテ）が現れ、楓の紅葉しない謂われを語りはじめる。「昔、鎌倉の中納言為相が称名寺に紅葉を見に訪れた際、辺りの山は紅葉していないにも拘わらず、一本の楓だけが美しく紅葉していた。為相は感じ入って、一首の和歌を詠じた。楓は喜び、このような栄誉に浴した上は身を退くのが天の道という教えを信じ、それ以後、紅葉することをせず、常緑の楓となったのだ」と女は告げて秋草の中に消えていく。〈中入〉その夜、都の僧がこの寺で読経していると、楓の精（後シテ）が女体となって現れる。「草木国土悉皆成仏」という仏の教えを賛えつつ舞を舞って夜明けとともに消えていく。

この作品の典拠となり、能の中でも謡われるのが、冷泉為相の、

　だいしらず

　いかにしてこの一本にしぐれけむ山にさきだつ庭のもみぢ葉（藤谷集）

である。『藤谷集』の詞書によれば、この歌の作歌事情は未詳であり、称名寺との関係も明らかではない。しかし、第八代将軍式部卿久明親王のもとでの和歌会参加などが『藤谷集』詞書にあるなど、鎌倉との縁が深かったことは事実である。

また、称名寺に隣接して、北条実時の金沢文庫がある。

狂言・鐘の音

小名狂言。大蔵・和泉流。主は子どもの成人の祝いに黄金の熨斗付けを作って与えようとする。そのために太郎冠者に命じて、鎌倉で「つけがねのね」（大蔵流）「かねのね」（和泉流）を聞きに行かせる。「黄金の値」を「鐘の音」と誤解した太郎冠者は、鎌倉の方々の鐘の音を聞き比べて帰り、主に叱られる。太郎冠者は聞いてきた鐘の音を謡い舞い、叱リ留。本文（和泉流三宅庄市手沢本）では、寿福寺・円覚寺・極楽寺・建長寺と廻るが、大蔵流では円覚寺がなく、五大堂がそれに代わる。いずれの流儀も建長寺の鐘の音が一番優れるとする。

引用部分は、命を受けた太郎冠者が、鎌倉へ出向く部分。

シテ　太郎冠者　アド　主人

シテ　火急なことを仰付けられた。先づ急いで鎌倉へ参らう。シカ／＼。誠に、あのお子の御誕生なされたを、昨日や今日の様に存じて御座れば、早や御成人なされて、太刀かたなの御詮索をなさるゝ、目出度い事で御座る。月日の立つは早いものぢや。いや何かと申すうちに鎌倉ぢや。扨《さて》も〳〵、聞及うだより賑々《にぎにぎ》しい事ぢや。幸ひ是に寺がある。是は何といふ寺ぢや知らぬまで。なに[一]寿福寺。さて鐘楼堂は此処にある。さらば鐘をついて音《ね》を聞かう。[二]東門なり。じやもうじやもうト云ふ。先づ是は大抵の音ぢや。鐘の音も所々で違ふとおしやつた。又他の寺へ

一　亀谷山寿福寺。臨済宗。北条政子の祈願により、源義朝の邸宅に正治二年（一二〇〇）、栄西開山。鎌倉五山第三位。

二　目付柱の前。撞木を引き、鐘を撞く形をする、以下同じ。「じゃーんもんもん」と口で音を発する。

参らう。則ち是が寺町さうな。この通りを真直ぐに参らう。誠に、鎌倉は名所の多い所ぢやと聞いた。此度を幸ひに此処彼処をゆる〳〵と見物致さう。此処にも寺がある。此の寺は何と申す。なに円覚寺。[三]鐘楼堂は、えい此処にある。先づ撞いて見よう。[四]（南門なり。ばあんト云ふ。）これは薄い音ぢや。此様な薄い音はお気に入るまい。又余の寺へ参らう。頼うだお方はお功者《こうしや》な、所々で音が違ふであらうとおしやつたが、鐘の音にも色々あるものぢや。また此処にも寺がある。物静かな寺ぢや。さて鐘楼堂は此処にある。何やら是に高札がある。先づ読うで見よう。なに〳〵極楽寺[五]境内禁制之事。先づ寺の名は極楽寺。一つ竹木《ちくぼく》折り取る事、猥りに鐘つく事。堅く禁制なり。わあ、外の禁制は構はぬが、此の鐘を撞くなにはほうど困った。折角此処まで来て、この鐘一つ聞き残すも残念な。幸ひ辺りに人もなし。咎めたらば咎めた時の事。先づ撞いて見よう。[六]（西門なり。じやぐわんじやぐわんト云ふ。笑ふ。）こりや破《わ》れ鐘ぢや。外《そと》へは見えぬが、内にひゞりでもあるかぢやまで。此様な破れ鐘が何の役に立つものぢや。又外の寺へ参らう。鐘を撞くなと書いて置いたこそ道理なれ。あの様な破れ鐘が何の役に立つものぢや。いやまた此処に大きな寺がある。なう〳〵この寺は何と申す。なに建長寺。[七]さればこそ、尊い寺は門《もん》から見ゆると云ふが、鎌倉一番の建長寺。さて〳〵綺麗な事かな。さて鐘楼堂はどこにある。さればこそ此処にある。さらばこの鐘の音を聞かう。[八]（北門なり。こんト鳴る。）扨も冴えたよい鐘の音ぢや。最前から聞くうちに、此様な冴えたよい音はない。是に極《きは》めて帰らう。

三　瑞鹿山円覚興聖禅寺。臨済宗。北条時宗の発願により、鎮護国家と元寇戦没者の供養のために建立。南宋の僧無学祖元（仏光国師）開山。弘安五年（一二八二）開堂供養。鎌倉五山の第二位。

四　シテ柱の前。

五　霊鷲山感応院極楽寺。真言律宗。北条重時が、律宗復興のため鎌倉に下っていた忍性を迎えて、正元元年（一二五九）建立。

六　笛柱の前。「じゃがじゃが…」と口で音を発し、耳をおさえる形をする。その後で声をたてて笑う。

七　巨福山建長興国禅寺。臨済宗。北条時頼の発願により、建長年間（一二四九～一二五三）に建立。南宋の僧蘭渓道隆（大覚禅師）開山。鎌倉五山第一位。

八　ワキ柱の前。「こーんもんもん…」と口で音を発する。

さりながら、念の為ぢや、も一度撞いて見よう。撞く　聞けば聞く程よい音ぢや。先づ急いで帰らう。誠に、隙が入らうと存じたれば、重畳の鐘に出合ひ、早速に埒が明いて、このやうな嬉しい事はない。この由を頼うだお方へ申上げたらば、さぞ御満足なさるゝ、であらう。何かと云ふうちに戻つた。まうし頼うだお方御座りまするか。

（中略）[九]

アド　やいうつけよ。知らずば知らぬとなぜ問うて行かぬ。先づ心を鎮めてよう聞け。悴《せがれ》もやう〳〵成人したに依つて、黄金《こがね》作りの太刀を、熨斗付《のしづけ》に作って取らせうと思うて、金《かね》の値《ね》を聞いて来いと云ふに、撞鐘《つきがね》の音を聞いて来て何の役に立つものぢや。シテ　お前もまた黄金なら黄金と、初めから云うたがよう御座る。アド　推参なことをぬかしをる。身が内には叶はぬ、出てうせう。シテ　はあ。アド　まだそこに居《ゐ》をるか〳〵。シテ　御赦されませ〳〵。アド　さて〳〵腹の立つことぢや。

シテ　これはいかな事。以ての外の御機嫌ぢや。何れ身共はうつけた者ぢや。今よう思へば、黄金作りの太刀を作らせらるゝに、撞鐘のいらうやうがない。これは誤つた。何としたものであらうぞ。イヤ頼うだ人は有興人ぢや。この体を謡に作つて諷うて、御機嫌の直さうと存ずる。イロ　鎌倉へつうと[一〇]入相の鐘これなり。東門にあたりては寿福寺の鐘、諸行無常と響くなり。南門にあたりては円覚寺の鐘、是生滅法と響くなり。さて西門は極楽

九　主の元に戻った太郎冠者は寺々の鐘の音を説明する。

一〇　ここから末尾まで謡部分。

◀『鎌倉攬勝考』巻四　建長寺

寺、是また生滅々已の理り。北門は建長寺、寂滅為楽と響き渡れば、何も鐘の音聞きすまし、急いで上るかひもなく、さもあらけなき主殿の、素首を取つてつきがねの、〳〵、ひびきに花をや直すらむ。　アド　何でもない事しさり居れ。　ト云うて叱り。とめて入るなり。

太平記

軍記。四十巻（増補過程を経て）。応安の末年から永和年間の成立。小島法師が関与する。半世紀の長期にわたり、かつ全国的な広域に及んだ、南北朝の内乱を題材とする。構成は、通常三部に分けて考えられ、第一部（巻一～十一）は、鎌倉幕府滅亡、建武の中興に至るまでの経緯。第二部（巻十二～二十一）は、新田義貞と足利尊氏との覇権抗争。第三部（巻二十二～四十）は、南朝の衰退と足利幕府内の権力争い（観応の擾乱）を描く。『平家物語』に比して抒情性には欠けるが、透徹したその現実描写は、貴族社会の没落と武士階級の内部矛盾を鋭く描いている。軍記文学の巨編として不動の地位を占める。謡曲『檀風』・御伽草子『俵藤太物語』等、後代文学への影響は大きい。引用部分は、第一部の新田義貞軍が鎌倉へ攻め入る場面。

稲村ガ崎干潟ト成ル事　（巻十）

去ル程ニ、極楽寺ノ切通[一]ヘ被レ向《むかはれ》タル大館[二]次郎宗氏、本間ニ被レ討《うたれ》テ、兵共、片瀬・腰越[三]マデ引キ退キヌト聞コエケレバ、新田義貞[四]、逞兵《ていへい》二万余騎ヲ率シテ、二十一日ノ夜半計《ばかり》ニ、片瀬・腰越ヲ打廻リ、極楽寺坂ヘ打莅《うちのぞ》ミ給フ。明ケ行ク月ニ敵ノ陣ヲ見給ヘバ、北

一　現鎌倉市坂ノ下から極楽寺へ通じる坂道で、極楽寺中興忍性法師が岩の崖を切り通して作った。当時の極楽寺は、寺域が広大で、僧坊も四十九院あったという。

二　新田義貞挙兵時からの武将。

三　鎌倉の西方にあたる、現藤沢市片瀬、現鎌倉市腰越。

四　上野国新田の住人。源義

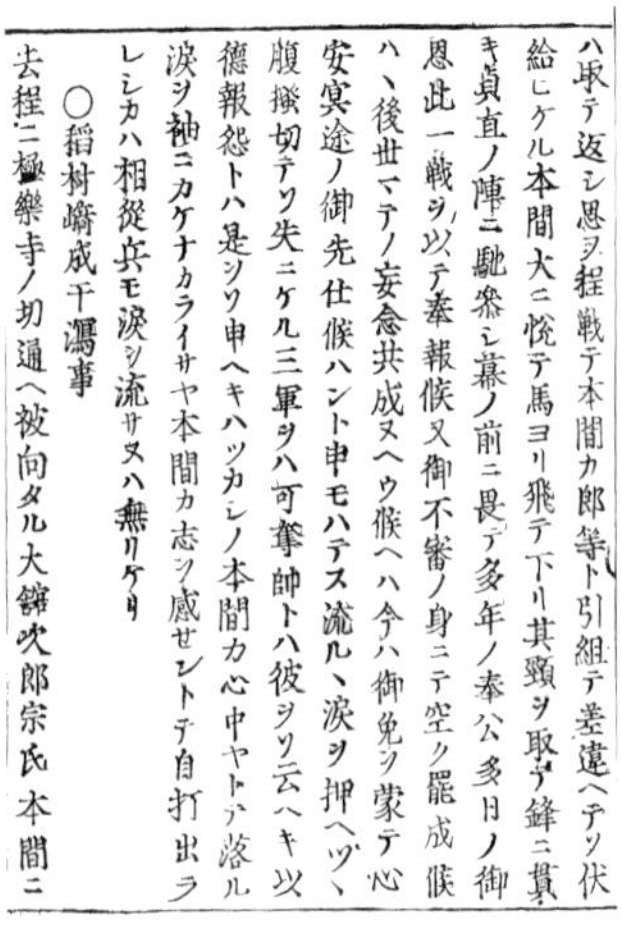
ハ取テ返シ恩ヲ擢戦テ本間カ郎等ト引組テ差違ヘテソ伏
給ヒケル本間大ニ悦テ馬ヨリ飛テ下リ其頸ヲ取テ鋒ニ貫
キ貞直ノ陣ニ馳参シ幕ノ前ニ畏テ多年ノ奉公多日ノ御
恩此一戦ヲ以テ奉報候又御不審ノ身ニテ空ク罷成候
ハヽ後世マテノ妄念共成ヌヘウ候ヘハ今ハ御免ヲ蒙テ心
安冥途ノ御先仕候ハント申モハテス流ルヽ涙ヲ押ヘツヽ
腹搔切テソ失ニケル三軍ヲハ可奪師トハ彼ヲソ云ヘキ以
徳報怨トハ是ヲソ申ヘキハツカシノ本間カ心中ヤトテ落ル
涙ヲ袖ニカケナカライサヤ本間カ志ヲ感セシトテ自打出ラ
レシカハ相従兵モ涙ヲ流サヌハ無リケリ
○稲村﨑成干潟事
去程ニ極樂寺ノ切通ヘ被向タル大舘次郎宗氏本間ニ

（筑波大学）

家から十代目にあたる清和源氏。
五　七里ヶ浜と由比ヶ浜との間の岬。
六　後醍醐天皇を指す。
七　おのとまさかり。昔、中国で出征の大将に下された。
八　人民。
九　仏法守護の八部衆。
一〇　ここでは、義貞が鎌倉攻めに率いる軍隊の左翼・中軍・右翼の総称。

ハ切通マデ山高ク路険シキニ、木戸ヲ誘《かま》ヘ垣楯ヲ掻イテ、数万ノ兵《つはもの》陣ヲ双《なら》ベテ並居タリ。南ハ稲村ガ崎[五]ニテ、沙頭路狭《しやとうみちせば》キニ、浪打涯《なみうちぎは》マデ逆木ヲ繁ク引キ懸ケテ、沖四五町ガ程ニ大船共ヲ並ベテ、矢倉ヲカキテ横矢ニ射サセムト構ヘタリ。誠《げに》モ此陣ノ寄手、叶ハデ引キヌラムモ理也ト見給ヒケレバ、義貞馬ヨリ下リ給ヒテ、甲ヲ脱イデ海上ヲ遥々ト伏シ拝ミ、竜神ニ向カツテ祈誓シ給ヒケル。「伝ヘ承ル、日本開闢ノ主、伊勢天照太神ハ、本地ヲ大日ノ尊像ニ隠シ、垂迹ヲ滄海ノ竜神ニ呈《あらは》シ給ヘリト、吾君[六]其苗裔トシテ、逆臣ノ為ニ西海ノ浪ニ漂ヒ給フ。義貞今臣タル道ヲ尽クサム為ニ、斧鉞[七]《ふえつ》ヲ把《と》ツテ敵陣ニ臨ム。其志偏ニ王花ヲ資《たす》ケ奉ツテ、蒼生[八]ヲ令《やすからしめん》レ安トナリ。仰ギ願ハクハ内海外海ノ竜神八部[九]、臣ガ忠義ヲ鑑《かんが》ミテ、潮《うしほ》ヲ万里ノ外ニ退ケ、道ヲ三軍[一〇]ノ陣ニ令《ひらかしめ》レ開給ヘ。」ト、至信ニ祈念シ、自ラ佩《は》キ給ヘル金作リノ太刀ヲ抜イテ、海中ヘ投ゲ給ヒケリ。真ニ竜神納受ヤシ給ヒケム、其夜ノ月ノ入リ方ニ、前々更ニ干ル事モ無カリケル稲村ガ崎、俄ニ二十余町干上ガツテ、平沙渺々《へいしやべうべう》タリ。横矢射ムト構ヘヌル数千ノ兵船モ、落チ行ク潮ニ被《さそはれ》レ誘テ、遥カノ沖ニ漂ヘリ。不思議ト云フモ無《たぐひなし》レ類。義貞是ヲ見給ヒテ、「伝

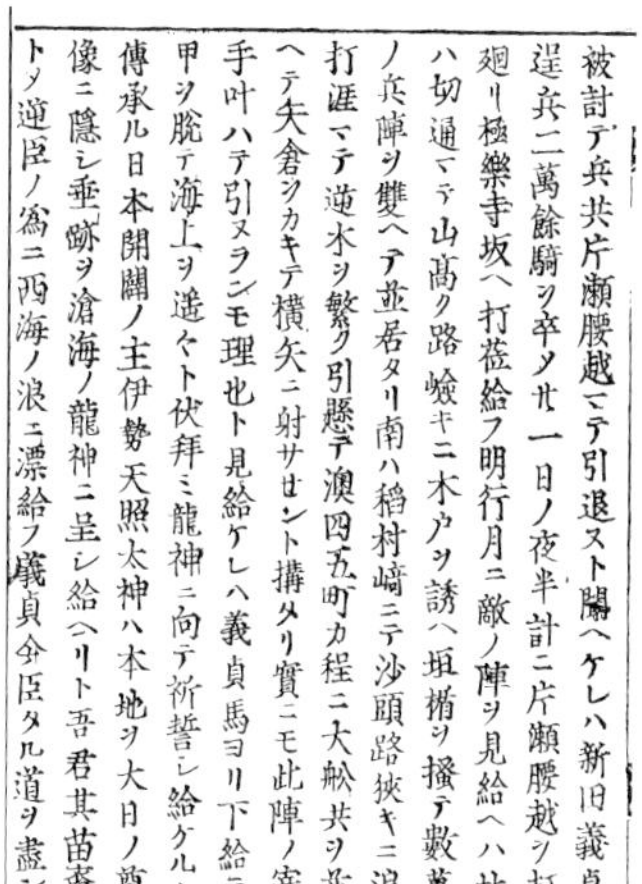
被討テ兵共片瀬腰越マテ引退スト聞ヘケレハ新田義貞
逞兵二萬餘騎ヲ卒シ廿一日ノ夜半計ニ片瀬腰越ヲ打
廻リ極樂寺坂ヘ打莅給フ明行月ニ敵ノ陣ヲ見給ヘハ北
ハ切通マテ山高ク路嶮キニ木戸ヲ誘ヘ垣楯ヲ掻テ數萬
ノ兵陣ヲ雙ヘテ並居タリ南ハ稲村崎ニテ沙頭路狭キニ浪
打涯マテ逆木ヲ繁ク引懸テ澳四五町カ程ニ大船共ヲ並
ヘテ矢倉ヲカキテ横矢ニ射サセント構タリ實ニモ此陣ノ寄
手叶ハテ引ヌランモ理也ト見給ケレハ義貞馬ヨリ下給テ
甲ヲ脱テ海上ヲ遥々ト伏拝ミ龍神ニ向テ祈誓シ給ケルハ
傳承ル日本開闢ノ主伊勢天照太神ハ本地ヲ大日ノ尊
像ニ隠シ垂跡ヲ滄海ノ龍神ニ呈シ給ヘリト吾君其苗裔
トシテ逆臣ノ為ニ西海ノ浪ニ漂給フ義貞今臣タル道ヲ盡ン

▲慶長十五年古活字版『太平記』

へ聞ク、後漢[一一]ノ弐師将軍ハ、城中ニ水尽キ渇《かつ》ニ被レ責《せめられ》ケル時、刀ヲ抜イテ岩石ヲ刺シシカバ、飛泉俄ニ湧キ出デキ。我朝ノ神宮皇后[一二]ハ、新羅ヲ責メ給ヒシ時、自ラ干珠ヲ取リ、海上ニ抛《な》ゲ給ヒシカバ、潮水遠ク退イテ終ニ戦ヒニ勝ツ事ヲ令レ得《えせしめ》給フト。是皆和漢ノ佳例ニシテ古今ノ奇瑞ニ相ヒ似タリ。進メヤ兵共。」ト被二下知一《げちせられ》ケレバ、江田[一三]・大館・里見・鳥山・田中・羽河・山名・桃井ノ人々ヲ始メトシテ、越後・上野・武蔵・相模ノ軍勢共、六万余騎ヲ一手ニ成シテ、稲村ガ崎ノ遠干潟ヲ真一文字ニ懸ケ通リテ、鎌倉中へ乱レ入ル。

一一 正しくは前漢の武帝の時代の武将。李広利。大宛を討ち、海四侯に封ぜられた。『新撰朗詠集』にこの事が見える。

一二 神巧皇后。『日本書紀』に新羅侵攻の記事が見えるが、本来潮干珠の話は神巧皇后とは無関係。混入したものか。

一三 江田・大館・桃井・山名・里見は上野国、鳥山・田中・羽河は越後国。

○五山文学と鎌倉

鎌倉時代の鎌倉は北条氏の篤い庇護などもあり、禅宗の寺が数多く創建された。禅宗は宋から伝わった新仏教であり、質実を宗とする武士階級に広く受け入れられたのであった。禅宗は室町幕府の保護の元に最盛期を迎えるが、特に足利義満の厚遇を受けた義堂周信によって京・鎌倉の「五山」が最終的に定められ、幕府が扶持する官寺制度が確立されると、禅院は学芸の一大拠点となった。「五山文学」とはこうした禅僧による漢文学を指す。

都市鎌倉においては、執権北条時頼・時宗など北条氏の篤い保護を受け、多くの禅宗の寺が建立された。鎌倉時代末期には、渡来僧一山一寧が北条貞時らの帰依を受け、正安元年（一二九九）十二月建長寺、同四年円覚寺、延慶元年（一三〇八）浄智寺に住した。その後、一山一寧は京都・南禅寺に移ったが、鎌倉在住時より幾多の弟子を輩出し、五山文学の先駆者となったのである。この門下のうちの一人夢窓疎石は瑞泉寺を開き、現在もその庭園に名残を留めている。夢窓疎石の弟子の一人義堂周信は、京都に移った夢窓の下で学んだが、十四世紀後半の約二十年間を鎌倉で過し、関東夢窓派の総師となった。夢窓最晩年に教えを受け、義堂周信と並ぶ絶海中津も、義堂に近侍し建長寺・善福寺などに住んだ。

徒然草

鎌倉の海に鰹と云ふ魚は　（百十九段）

鎌倉の海に鰹と云ふ魚は、かの境ひにはさうなきものにて、この比もてなすものあり。それも、鎌倉の年寄りの申し侍りしは、「この魚、己ら若かりし世までは、はかぐ〵しき人の前へ出づる事侍らざりき。頭は下部も食はず。切りて捨て侍りしものなり」と申しき。

かやうの物も、世の末になれば、上さままでも入りたつわざにこそ侍れ。

▼由比ヶ浜

清和源氏系図　尊卑分脈より作成

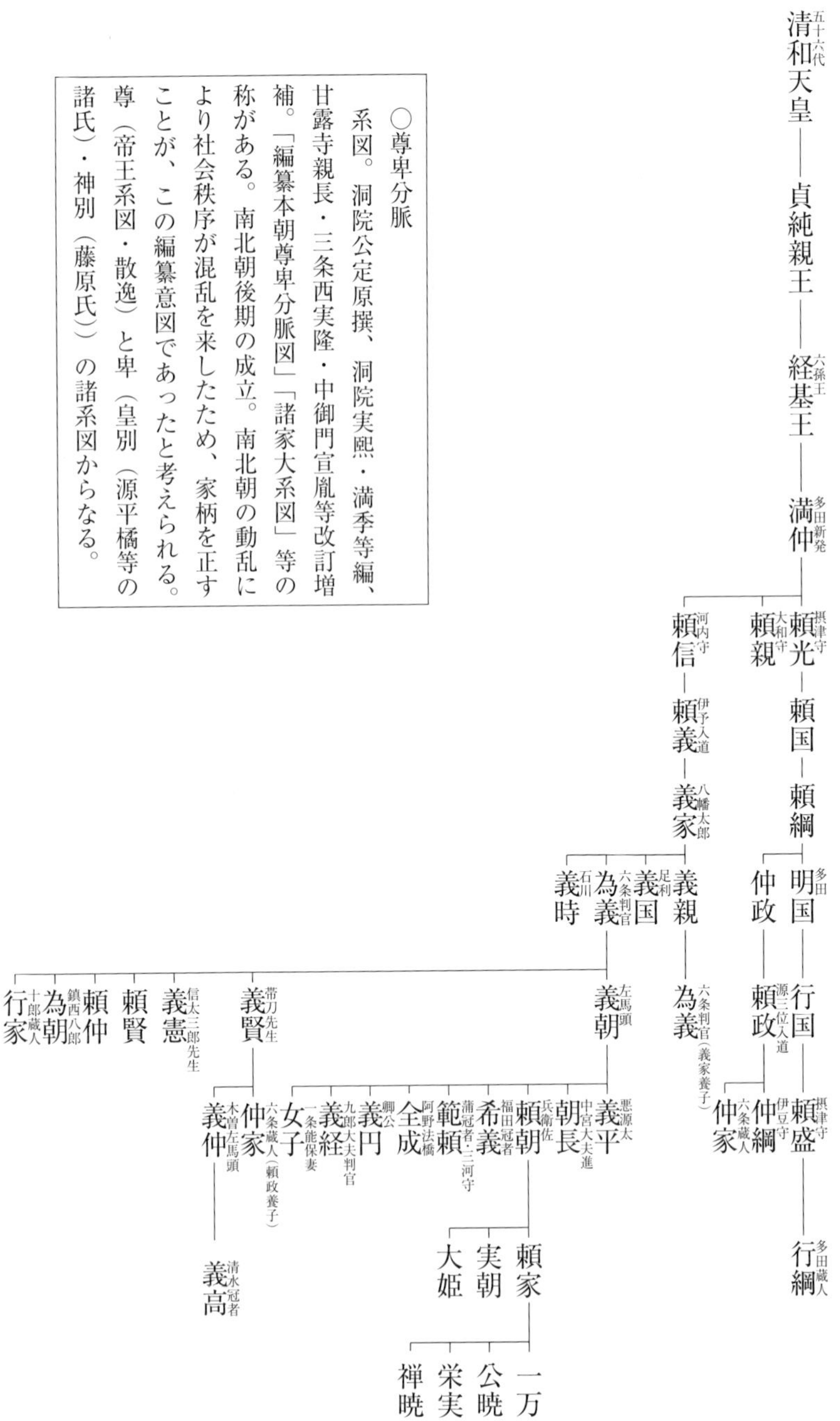

○尊卑分脈
系図。洞院公定原撰、洞院実熙・満季等編、甘露寺親長・三条西実隆・中御門宣胤等改訂増補。「編纂本朝尊卑分脈図」「諸家大系図」等の称がある。南北朝後期の成立。南北朝の動乱により社会秩序が混乱を来したため、家柄を正すことが、この編纂意図であったと考えられる。尊（帝王系図・散逸）と卑（皇別（源平橘等の諸氏）・神別（藤原氏））の諸系図からなる。

坂東平氏系図

- 桓武天皇（五十代）—葛原親王（式部卿）—高見王—高望王（平）
  - 国香—貞盛
    - 維将—維時—直方—聖範—時直—時家（北条）—時方—時政（★以下、北条氏系図）
      - 義時
      - 政子
    - 維衡—正度
      - 貞季—兼季—盛兼—信兼—兼隆（山本判官）
      - 伊勢平氏：正衡—正盛（讃岐守）—忠盛（刑部卿）—清盛（入道相国）
  - 良将—将門（平親王）
  - 良文—忠頼
    - 将恒—武基—武綱
      - 重綱
        - 重弘（秩父）
          - 重能（畠山）—重忠（庄司次郎）—重保（六郎）
          - 有重（小山田）—重成（稲毛）
          - 重継（江戸）—重長
        - 重高—良高—重頼（河越）—重房
      - 常家（葛西）—康家—清光—清重
    - 忠恒—恒将—常永
      - 常時（上総介）—常澄—広常
      - 常兼（下総介）—常重—常胤（千葉介）
        - 胤正—成胤—時胤—頼胤—泰胤
        - 胤頼—重胤—胤行—行氏
    - 頼尊—経遠—常宗
      - 実平（土肥次郎）—遠平
      - 宗遠（土屋）
  - 良茂—良正
    - 公義—為次（三浦）—義次—義明（三浦大介）
      - 義宗
        - 義盛（和田）—義秀（朝比奈）
        - 義宗
      - 義澄（三浦介）—義村—泰村
      - 義連（佐原十郎）—盛連—時連
    - 致成—景成—景正（鎌倉権五郎）—景経
      - 景忠（大場）
        - 景能（懐島権頭）
        - 景親（大場三郎）
        - 景久（俣野五郎）
      - 景長—景時（梶原平三）
        - 景季（源太）
        - 景高（平次）

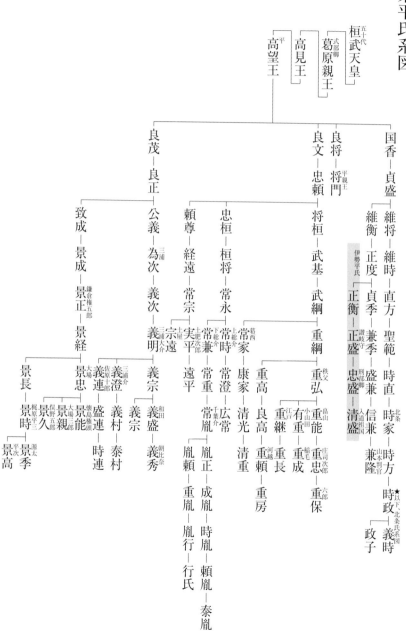

北条氏系図

数字は鎌倉幕府執権の順序

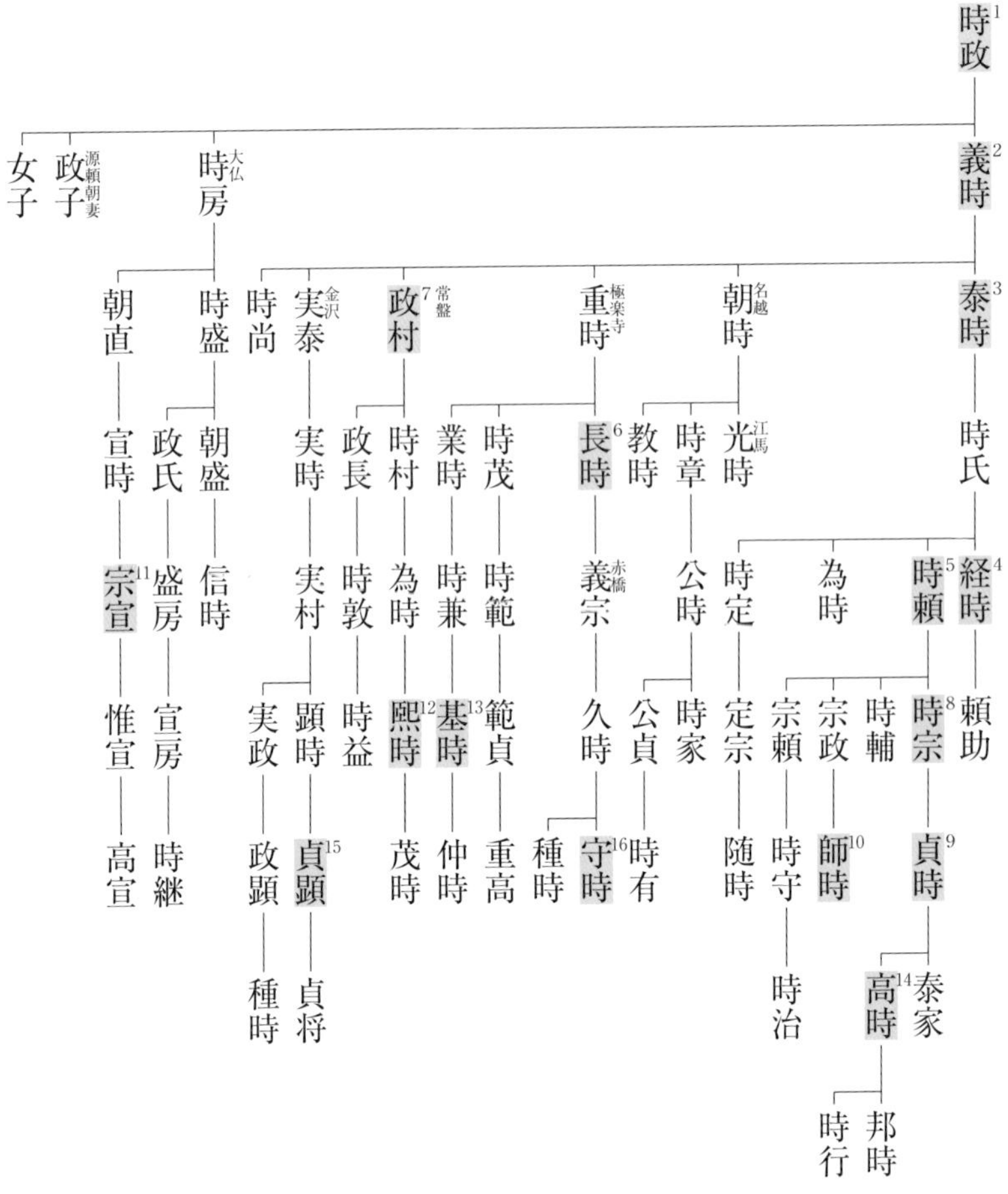

将軍家系図　数字は鎌倉幕府将軍の順序

源氏藤原氏将軍

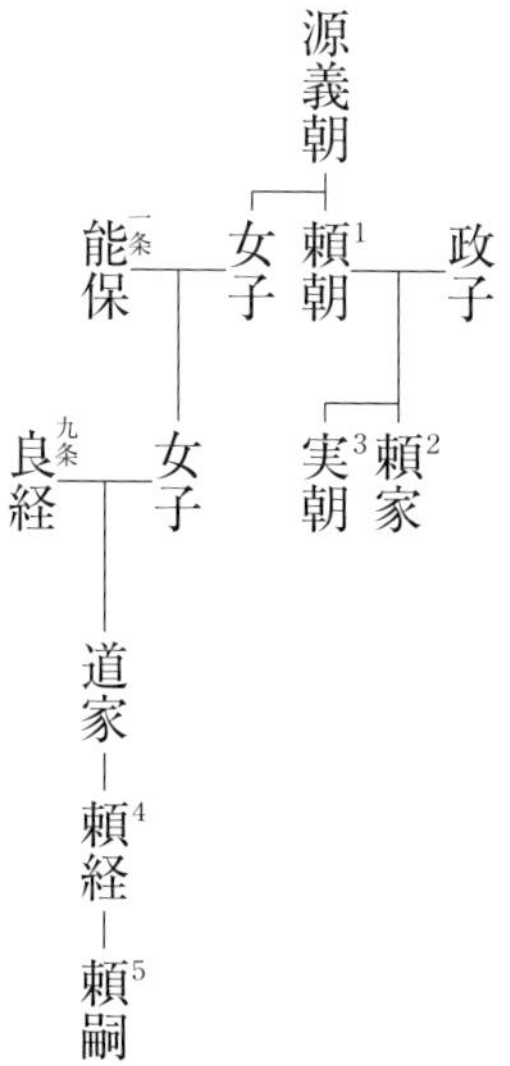

皇族将軍

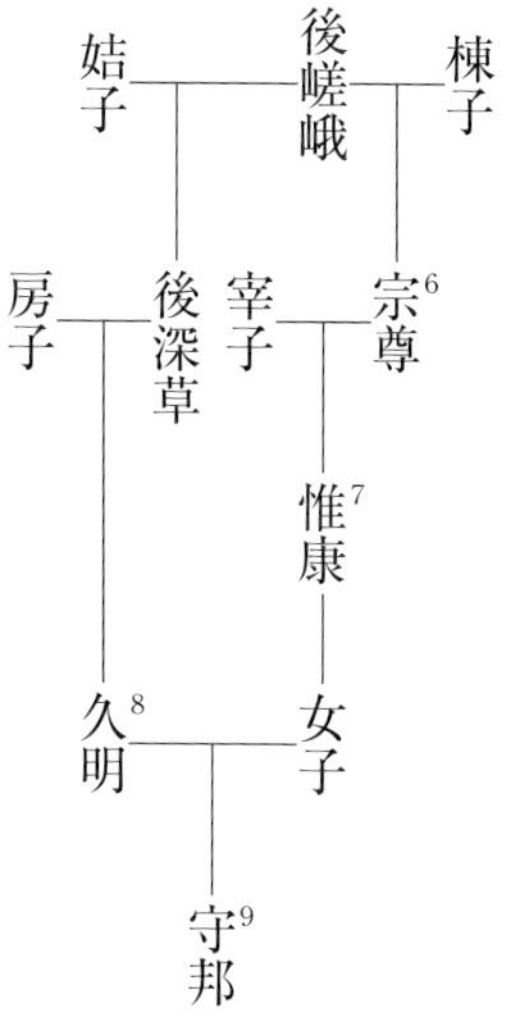

文学史年表

＊を付した作品はその頃の成立　参考欄の丸数字は月（ゴチックは閏月）を示す。

天皇	年号	西暦	詩歌・歌論	散文	芸能	参考
78 二条	平治元	一一五九				⑫平治の乱
	永暦元	一一六〇				①源義朝尾張で殺される。②源頼朝近江で捕らえられる。③頼朝伊豆へ配流。
	応保元	一一六一				
	長寛元	一一六三				
	二	一一六四				○九条兼実『玉葉』始まる。
79 六条	永万元	一一六五				
	仁安元	一一六六				
	二	一一六七				②平清盛任太政大臣。
	三	一一六八				○平清盛安芸厳島神社を造営。
80 高倉	嘉応元	一一六九	梁塵秘抄	今鏡	〔今様〕	
	二	一一七〇				
	承安元	一一七一				○吉田経房『吉記』始まる。
	三	一一七三				
	安元元	一一七五				
	治承元	一一七七				⑥藤原清輔没。⑥鹿ヶ谷事件。
	二	一一七八	長秋詠藻	宝物集		
	三	一一七九				⑦平重盛没。⑪平清盛後白河法皇を幽閉。
81 安徳	四	一一八〇	＊源三位頼政集			⑤源頼政以仁王を奉じて挙兵。宇治川にて敗死。⑥福原遷都。⑧源頼朝伊豆に挙兵。⑩頼朝鎌倉入り。由比の八幡宮を現在の雪ノ下に移す。⑫平重衡東大寺興福寺を焼く。○『吾妻鏡』始まる。○藤原定家『明月記』始まる。
	養和元	一一八一				②平清盛没。
82 後鳥羽	寿永元	一一八二				③若宮大路造成。○春、京都飢饉。
	二	一一八三	月詣和歌集	＊撰集抄		⑦平氏一門都落ち。木曾義仲入京。

天皇	年号	西暦	和歌・歌論	散文	芸能	事項
	元暦元	一一八四				①源範頼・義経宇治・勢多に義仲を破り入京。
	文治元	一一八五				③平氏壇ノ浦に滅亡。⑪守護・地頭設置の勅許。
	二	一一八六				⑧西行鎌倉に頼朝を訪問。
	三	一一八七		＊今昔物語集		②源義経奥州へ下る。
	五	一一八九	千載和歌集			③運慶浄楽寺毘沙門天・不動明王を製作。④源義経衣川の館で討たれる。⑨源頼朝奥州平定。
	建久元	一一九〇	＊山家集	＊堤中納言物語		②西行没。⑩源頼朝上洛。
	三	一一九二				③後白河院没。⑦源頼朝任征夷大将軍、鎌倉幕府開設。
	四	一一九三	六百番歌合	＊松浦宮物語		⑤曾我兄弟父の仇工藤祐経を討つ。
	六	一一九五		＊水鏡		②源頼朝東大寺供養のため上洛。
	八	一一九七		＊とりかへばや物語		⑦大姫没。
83 土御門	九	一一九八				②平維盛の子六代鎌倉で処刑。
	正治元	一一九九				①源頼朝没。頼家二代将軍。④十三人の合議制。
	二	一二〇〇	正治百首	＊無名草子		①梶原景時・景季没（敗死）。②寿福寺建立。⑤幕府念仏を禁止。
	建仁元	一二〇一	千五百番歌合・古来風体抄			
	三	一二〇三		俊成卿九十賀記		⑨比企氏の乱。源頼家修善寺に幽閉、北条時政執権となる。源実朝三代将軍。
	元久元	一二〇四	秋篠月清集			⑦源頼家没（暗殺）、⑪藤原俊成没。
	二	一二〇五	新古今和歌集			⑥畠山重忠・重保没（敗死）。⑦北条義時執権となる。
	建永元	一二〇六				国外・蒙古建国。
	承元元	一二〇七	賀茂別雷社歌合			②幕府専修念仏を禁止、法然・親鸞流罪。
	三	一二〇九	近代秀歌			
84 順徳	四	一二一〇		往生要集 ＊無名抄		
	建暦元	一二一一		喫茶養生記		⑩鴨長明鎌倉で源実朝に謁見。
	二	一二一二		方丈記 ＊発心集 ＊古事談	〔延年舞〕	①法然没。
	建保元	一二一三	金槐和歌集	＊保元・平治物語		⑤和田義盛・朝比奈義秀没（敗死）。

	二	一二一四				③藤原定家歌仙三十六人を選ぶ。
	三	一二一五		＊源家長日記		①北条時政没。
	四	一二一六		＊宇治拾遺物語		⑥鴨長明没。
85 仲恭 86 後堀河	承久元	一二一九	毎月抄	建春門院中納言日記		①源実朝没（暗殺）。⑦藤原頼経鎌倉入り。
	二	一二二〇		愚管抄		
	三	一二二一		＊住吉物語		⑤承久の乱。⑦北条時房・泰時六波羅に駐在（六波羅探題）。
	貞応元	一二二二		＊閑居友		
	二	一二二三	＊詠歌大概	＊海道記 ＊六代勝事記		
	元仁元	一二二四		教行信証		①親鸞浄土真宗を開く。⑥北条義時没、北条泰時執権となる。⑧幕府専修念仏を禁止。⑧鎌倉で疫病流行。
	嘉禄元	一二二五		＊信生法師日記		⑪藤原頼経宇都宮辻子幕府に遷る。⑫評定衆制度。
	安貞元	一二二七	＊秀歌大概			④内裏炎上。
	寛喜元	一二二九				
	三	一二三一	＊建礼門院右京大夫集			○大飢饉（一二三〇から）。
87 四条	貞永元	一二三二				⑧和賀江島完成。⑧貞永式目成る。
	天福元	一二三三			〔猿楽〕	
	文暦元	一二三四				
	嘉禎元	一二三五	新勅撰和歌集 小倉百人一首			⑥鎌倉五大堂（明王院）落慶。
	二	一二三六				⑧藤原頼経若宮大路幕府に遷る。
	三	一二三七				○信生没（一説）。
	暦仁元	一二三八				①将軍頼経上洛。
	延応元	一二三九		＊今物語		②後鳥羽院没（於隠岐）。
	仁治元	一二四〇		＊平家物語 ＊承久記		②鎌倉地震。
	二	一二四一				④鎌倉大地震。⑧藤原定家没。
88 後嵯峨	三	一二四二		東関紀行		⑥北条泰時没、北条経時執権となる。

	寛元元	一二四三				⑥鎌倉大仏供養。
	二	一二四四	新撰和歌六帖			④幕府将軍頼経を廃し、藤原頼嗣五代将軍。
89 後深草	四	一二四六				③北条時頼執権となる。⑤宮騒動。○真観、為家と対立。
	宝治元	一二四七				⑥北条時頼三浦氏討伐（宝治合戦）。
	二	一二四八	万代和歌集			
	建長元	一二四九				⑫引付を設置。
	二	一二五〇		＊源平盛衰記		
	三	一二五一	続後撰和歌集			⑫鎌倉の小町屋指定。
	四	一二五二		十訓抄 弁内侍日記		②幕府将軍頼嗣を廃す。④宗尊親王六代将軍。⑧鎌倉金銅大仏鋳造開始。
	五	一二五三				④日蓮法華宗を開く。⑪建長寺落慶供養。
	六	一二五四		古今著聞集		○俊成女没。
	七	一二五五		＊苔の衣	〔宴曲〕	
	康元元	一二五六				⑪北条時頼最明寺で出家、北条長時執権となる。
	正嘉元	一二五七		私聚百因縁集		⑧鎌倉大地震。
90 亀山	正元元	一二五九				○大飢饉（一二五八から）。
	文応元	一二六〇	＊文応三百首	立正安国論		⑫真観宗尊親王の歌の師として鎌倉に下る。
	弘長元	一二六一	＊東撰和歌六帖			⑪宇都宮泰綱、北条重時没。
	二	一二六二		関東往還記		②叡尊鎌倉下向。⑪親鸞没。
	三	一二六三				⑩北条時頼没。
	文永元	一二六四	瓊玉和歌集	唐鏡		⑧北条長時没。
	二	一二六五	続古今和歌集			②笠間時朝没。
	三	一二六六	柳葉和歌集			⑦幕府将軍宗尊親王鎌倉追放。惟康親王七代将軍。
	五	一二六八				③北条時宗執権となる。
	六	一二六九		嵯峨のかよひ		④問注所廃止。
	七	一二七〇				⑫北条実時創設の金沢文庫焼失。
	八	一二七一	風葉和歌集			⑨日蓮佐渡配流。
	九	一二七二				②二月騒動。
91 後宇多	二	一二七四				⑧宗尊親王没。⑩文永の役。
	建治元	一二七五		都の別れ		④藤原為家没。

	二	一二七六				⑥真観没。○一遍時宗を開く。
	弘安元	一二七八	続拾遺和歌集			
	二	一二七九				⑧宋僧無学祖元鎌倉に入る。⑩阿仏尼鎌倉へ下る。
	三	一二八〇		春のみやまぢ		⑪鎌倉火災。
	四	一二八一		*文机談		⑦弘安の役。
	五	一二八二		*十六夜日記 *撰集抄		⑩日蓮没。⑫北条時宗円覚寺建立供養。
	六	一二八三		沙石集		④阿仏尼没。
	七	一二八四	*長景集			④北条時宗没。⑦北条貞時執権となる。
	八	一二八五				⑪霜月騒動。
	一〇	一二八七				
92 伏見	正応元	一二八八			〔田楽〕	
	二	一二八九				⑧一遍没。⑨幕府将軍惟康親王を廃す。⑩久明親王八代将軍。
	永仁元	一二九三		蒙古襲来絵詞		③鎮西探題設置。④平禅門の乱
	五	一二九七				③永仁の徳政令。
93 後伏見	正安元	一二九九		一遍上人絵伝		
94 後二条	三	一三〇一	宴曲集			①飛鳥井雅有没。⑧北条師時執権となる。
	乾元元	一三〇二				○幕府一向宗を禁止。
	嘉元元	一三〇三	新後撰和歌集			
	三	一三〇五		雑談集		④嘉元の乱
	徳治元	一三〇六		*とはずがたり		○鎌倉末期平曲の名手城一が出る。
95 花園	延慶元	一三〇八				⑧幕府将軍久明親王帰洛。⑨守邦親王九代将軍。
	応長元	一三一一	*夫木和歌抄			⑩北条宗宣執権となる。
	正和元	一三一二	玉葉和歌集			⑩無住没。⑥北条熙時執権となる。
	文保元	一三一七				○北条顕時金沢文庫創設。
96 後醍醐	二	一三一八				
	元応元	一三一九				
	二	一三二〇	続千載和歌集			
	元亨元	一三二一				

	二	一三二三		元亨釈書		
	正中元	一三二四				⑨正中の変
	二	一三二五				
	嘉暦元	一三二六	続後拾遺和歌集			③北条顕時執権となる。
	二	一三二七				④北条守時執権となる。
	三	一三二八	*藤谷和歌集			⑦冷泉為相没。⑩久明親王没。
	元徳元	一三二九				
	元弘元	一三三一		*徒然草		⑤元弘の変
	二	一三三二				③京極為兼没。
	三	一三三三		*源平闘諍録		⑤新田義貞鎌倉攻略、北条氏、鎌倉幕府滅亡。⑥護良親王入京、任征夷大将軍。⑫成良親王鎌倉入り。
	建武元	一三三四				○建武の新政。⑪護良親王鎌倉流罪。
	二	一三三五				⑦中先代の乱。護良親王殺害。
	延元元	一三三六				⑧光明天皇即位（北朝）。⑪足利尊氏室町幕府開設。
	二	一三三七				○足利義詮鎌倉公方。
97 後村上	四	一三三九		神皇正統記		
	興国元	一三四〇				
	四	一三四三		*保暦間記		
	正平元	一三四六	風雅和歌集		〔謡曲〕	
	二	一三四七		奥州後三年記		
	四	一三四九		*梅松論		⑨足利基氏鎌倉府へ入る。（⑦基氏鎌倉公方。）
	七	一三五二		*都のつと		○兼好没か。
	一一	一三五六	菟玖波集	*神道集		
	一三	一三五八				④足利尊氏没。⑪足利義詮将軍となる。
	一四	一三五九	新千載和歌集			
	一五	一三六〇	*井蛙抄			
	一八	一三六二	愚問賢註			
	一九	一三六四	新拾遺和歌集			
	二二	一三六七				⑤足利氏満鎌倉公方。⑫足利義詮没。

98 長慶	二三	一三六八		＊太平記		⑫足利義満将軍となる。
	建徳元	一三七〇			〔狂言〕	〇東日本大飢饉。
	文中元	一三七二	＊筑波問答			③頓阿没。
	三	一三七四		＊増鏡		〇足利義満観阿弥を保護。
	天授元	一三七五				
	三	一三七七		＊秋夜長物語		
	弘和元	一三八一	新葉和歌集			
99 後亀山	三	一三八三	新後拾遺和歌集			
	元中元	一三八四				⑤観阿弥清次没。
	四	一三八七	近来風体抄			
	五	一三八八	＊空華日用工夫略集	＊曾我物語		
100 後小松	九	一三九二				⑩南北朝の合一。
	応永元	一三九四				⑫足利義持将軍となる。
	五	一三九八				⑫足利満兼鎌倉公方。
	七	一四〇〇			風姿花伝	
	一五	一四〇八				⑤足利義満没。
	一六	一四〇九				⑨足利持氏鎌倉公方。
101 称光	一九	一四一二		＊義経記		
	二三	一四一六				⑩上杉禅秀の乱。
	二五	一四一八			花鏡	
	三〇	一四二三				③足利義量将軍となる。
	三二	一四二五				②足利義量没。一四二九まで将軍なし。
102 後花園	正長元	一四二八				
	永享元	一四二九				③足利義教将軍となる。
	二	一四三〇			申楽談義	
	三	一四三一		＊三国伝記		
	四	一四三二				⑧観世元雅没。
	六	一四三四				⑤世阿弥佐渡に配流。
	一〇	一四三八	新続古今和歌集		〔幸若舞〕	⑦鎌倉府挙兵（永享の乱）。⑪鎌倉府陥落。

◎ **編著者**
小井土　守敏（こいど　もりとし）
大妻女子大学文学部日本文学科教授
主要業績 『中世文学十五講』（共編著、翰林書房、2011）
『長門本 平家物語 一～四』（共編著、勉誠出版、2004~2006）
『大妻文庫 曽我物語 上中下』（共編著、新典社、2013~2015）他

◎ **資料協力**
鎌倉市教育委員会・国立公文書館内閣文庫
国立国会図書館・筑波大学附属図書館

中世文学で読む鎌倉

発行日	2015年3月31日	初版第一刷
編著者	小井土守敏	
発行人	今井　肇	
発行所	翰林書房	
	〒101−0051 東京都千代田区神田神保町2−2	
	電 話 (03)6380−9601	
	FAX (03)6380−9602	
	http://kanrin.co.jp	
	Eメール　kanrin@nifty.com	
印刷・製本	教文堂	

落丁・乱丁本はお取替えいたします

ISBN978−4−87737−382−5